文字森林
READING FOREST

文字森林
READING FOREST

你已走遠
我還在練習道別

渺渺——著

目錄
CONTENTS

輯二——死心塌地

輯三——了然於心

自序——道別的起點

悲傷的時候習慣記錄。過去幾年，日記本的紙張都是潮溼的，提及你的每一頁都能掐出眼淚，經常一下筆就暈開。你是任何紙張都承載不了的尖銳，筆尖抵達之處就是破裂，越是想替你辯解，離釋然的終點就越來越遠。

一頁一頁的紙張溼了又乾，因為發皺而難以闔上，它們像試圖橫跨宇宙的信件，滿溢著無處投遞的想念和懊悔，它們解釋相愛的歷史，闡述愛後的告別。

大部分的情愛都有浪漫隆重的開始，用燭光晚餐紀念每個週年紀念日，若有幸牽著手過上幾年，就能用白紗和戒指宣誓要共度餘下的半輩子。有些牢靠的牽絆比鑽石更硬，也有些關係不敵柴米油鹽的日常，或背棄道德被其他情慾吸引，這時候的道別是極盡所能的草率，就連法定的分離都只需要一張比臉皮更薄的紙就能了事。

在這個科技進步的時代，說再見的方式很多元，如果你使用的是注音輸入法，包含傳送鍵只要觸擊螢幕八次；又如果你的裝置有自動選字功能，便能用更少的動作更方便地向一個人道別。可是真正的告別往往不在按下傳送或對方讀取訊息的那一瞬間，它發生在一起散步的老地方，和過大的雙人床上，發生在那首歌前奏響起和冷空氣竄入指縫的時候。

那個冬天，你說完再見之後，踏著比相遇時更堅定的步伐走向我無權過問的地方。一直到春天來了，我還在原地目送你的背影。原來告別是單向的決定，有些人轉身只要片刻，也有些人只是遲疑就花上好幾年。

七十七封遲來的與提前的告別信，給已經走遠的與尚未捨得的，給我愛過的、愛過我的，以及想愛但不能愛的，也許你的記憶裡也有這般特別的人，又或許他們之於你是同一個人。

如果告別的目的是為了抵達更好的遠方，那麼我們已在結束流浪的路上。

輯一

很喜歡你

當我們在生活之外的字與詩裡意外碰見的時候，我便知道沒有辦法和你置身在同一座青春，你那裡的太陽升起時，我這裡已接近黃昏，你的黃昏抵達時已是我的凌晨。

我們被命運安排在不同時空誕生，碰巧在相距幾光年遠的地方成為同一個星座，可我與你的光芒從未重疊。兩百五十公里的距離和一千四百八十六天的時差，時時警惕著不能，即便很愛都不能。

我不能喜歡你。

如果遇見你需要運氣

希望我沒有用盡

還能保留一點

用來忘記

——借來的幸福

我來到你的城市，走過你每天經過的街道，想像著每日早上十點鐘，你手持冰咖啡走過斑馬線的樣子。暗自竊喜著，終於能在同一個空間下，呼吸相同溼度的空氣；但同時也覺得可惜，可惜我們無法在同一個時空裡。

遇見你之前的陌生日子，我們各自擁有不重疊的生活，我們愛過別人，擁有一言難盡的過去，我們都寂寞，但不是彼此排解寂寞的對象。謝謝老天爺安排了這個美好的差錯，我才能僥倖沾染你的生命。

可是當你經過我，揚起的風伴著古龍水的香味進入鼻腔；或是當我保持著十五公分的距離，卻不小心觸碰你左手指尖上的繭，這些都讓我擔心，是否會因為預支太多的幸運而遭受厄運的懲罰。

我們理應遵循世俗的規則，本該平行的我們，沒有交錯的權利，我害怕向命運借來的這份幸福，我償還不起。

所以比起走在你前面，我更想走在你後頭，畢竟我已沒有多餘的年華留給等待，你還以自由為信仰，我就要為穩定生活打算，我沒有辦法賭上畢生攢下的幸運去期待你回來，無法只選擇託付愛給你，卻忽略下半生這類沉重的話題。

沒關係就讓我一個人留在原地，我要背著你想念、背著你流祝福的眼淚，我想在你身後看遍你快樂和悲傷的樣子，即便那都不是因為我也沒有關係。

離開你的城市以前，到你經常去的咖啡廳，待上一個下午，點一塊鹹派和一杯咖啡，記錄一些生活，讓所有人以為我是為了這些而來，我沒有在等待。

如果遇見你需要運氣，希望我沒有用盡，還能保留一點用來忘記。

你要記得我們說好的

如果我有幸把你寫成一本書

你要如何辨識

我們如何默契

——不要愛我

是我愛你，賦予你在我生活的船外興風作浪的權利，你可以是暴風、冰山、渦流、海嘯，我不能再視你為溫暖靜謐的午後，不能再用任何含有一絲愛意的、崇拜的、欣賞的目光注視你，不能再被你的歌聲和香水吸引，不能再期望你的靠近。

是你愛我，我才被允許航行在你之上，才得以擁有別人沒有的星空和海鷗。靠岸以後，我會始終記得我說過的，不管到了哪一個城市旅行，捎一張明信片給你，以及如果我有幸把你寫成一本書，你要如何辨識，我們如何默契。

你要收好那支錶，讓它在你的手腕上留下冬天也沒輒的曬痕。往後每一次注視，即便你不再因為倒數見面的日子而有所期待，它之於你的生活仍會有別的意義。讓它代我提醒你吃飯、休息，以及時光的不可回溯，還有珍惜。

你要善用那只黑色保溫瓶，從此喝下每一口水，就能藉著它的透明，稀釋過濃的回憶，逐漸忘去我是多麼混濁而不可觸碰的人。從此咖啡就只是咖啡，我是我，而你是你。

它們並不是昂貴的禮物，但已是單薄的我能給予的最多，其中包含了這段日子裡我刻意隱瞞的想念、帶著害羞鍵入的喜歡，與每一次儲滿勇氣便迫不及待脫口的愛。我非常確定我不會像愛你那樣愛別人了，再也不會了。

多希望只有我覺得可惜，希望你和那些人一樣把我丟棄，你便能不要和我一樣傷心。

我愛你，我不要你愛我。

愛來的時候猝不及防

走的時候會不會也一樣

——不變

所有東西都在改變，以一種接近靜止的速度，例如上升的海平面、變長的頭髮、一朵花的盛開，與一顆蘋果的腐敗。

當細微的改變累積成一週、一年甚至十年，有時候感到驚喜，但更常感覺懊悔，還誤以為所有改變都是一瞬間。

直到北極的冰都融化，沙灘越來越小，海面高過家園，都不會有人願意坦承是疏於照顧地球而不及把握，太大意地揮霍資源才釀成錯。

所有東西都在改變，例如你逐漸壯大的野心，和我慢慢蒼老的臉，例如我們眼神裡漸少的情意，以及越疏離卻越輕易適應的遙遠。

當時信誓旦旦說了不變，可冷漠終究是替代了第一次見面時的羞赧，不再為彼此寫一張卡片，行事曆上我的生日已預先填上出差的字樣，卻還騙自己堆在水槽的鍋碗和發臭的洗衣籃是得來不易的日常。每每接在晚安後頭，如問候般不帶感情的「愛你」，幾乎能把它們視為善意的謊言，這樣的謊言，在你背著我睡時聽起來格外刺耳。大概得回到懵懂的青春期，才有足夠的天真去相信這些改變是必然，違心地安慰自己時間正引領我們走向稱之為習慣的愛。

害怕所有失去控制的、難以察覺的變化，愛來的時候猝不及防，走的時候會不會也一樣？

怕有一天你想遠行，暗自策畫很久，只是那樣的策畫裡沒有我。怕你說不愛我了，其實你早就處心積慮地遠離，只有我以為是忽然之間。

所有東西都會改變，我要怎麼相信你不會變。

把最喜歡的先淘汰

我成了負著傷的人，死不了也好不起來。如果青春是一個必須被傷透的過程，那麼我只能寄望你了，反正我是愛你了。我情願，我便活該。

隨著年歲增長，浪漫逐漸變得難以想像，無法再像起初，因為默契地說出同樣的詞彙而感覺命中注定，或因為喜愛同一首歌就認為非誰不可的那般純真。張開雙手索取擁抱，最後毫無防備地吃下幾顆子彈，下了地獄才知道。

我始終錯了，錯在太喜歡你。原來只要不是太喜歡的東西，就不會感到可惜。幾年過去，仍不明白如何避免依賴，進而避免最後惡意相待，只好抓緊自己的心臟，把最喜歡的先淘汰。

我也喜歡你，只是不想遭遇未來任何可惜，所以這樣好了，我們不要在一起。

我不喜歡說論太遙遠的事

所以我不談成功、財富、夢想

和你

——不知進取

我安於現狀、不知進取，我不屬於積極上進、為了追求所謂成功而勤奮的那一類人。

下班順路買便當回家，打開電視癱在沙發上，一回神也許兩個鐘頭就這樣過去。想不透為什麼同樣是兩個鐘頭，和你約會是謹慎地用，怎麼節省都不夠；可一個人過一分鐘，做什麼都像在浪費揮霍。

週末讀一些詩集，早餐和午餐是同一餐，選一部重播電影耗上一個下午，也許再寫寫日記，也可能什麼都不做，時間到了就洗澡，滑一滑手機，任溼透的頭髮散在枕頭上，忘了關燈就睡著，長期過著談不上熱愛的生活。

從未思考如何抵達成功、擁有財富或實踐夢想，那些詞彙像星空、像海溝，像所有無法抵達的他方，也像僅有包裝的糖果，美好卻空洞，只能藉由想像獲得甜的感受。

明白有一些追求像馬拉松，只要不斷向前，只要還願意再努力一點點，就能在或近或遠的將來抵達終點。但有一些遙遠不是如此，遠方的光點閃爍，你以為那是兩公里外的路燈，事實上是幾萬光年遠的星星，試圖接近是不自量力，身為一隻魚就不應該想著長出翅膀，做為一顆月亮就不該企圖追上太陽。

經過了幾年窮追不捨，我終於學會知難而退，不再說論太遙遠的事，那些望眼欲穿也盼不得的東西，說也無用，所以我不談成功、財富、夢想，和你。

在愛裡遺失了太多

無法相信世界上仍有

毫無保留的善意

——佔有慾

我的體貼關心之於你唾手可得，你用很少的珍惜，就能換得我搖搖欲墜的真心，即便我看起來是那麼肯定地朝你走去。

難以向你說明愛一個太匱乏的人有多辛苦，因為我已不願意再回憶太傷人的評價，過去的疤使我對不耐的眼神和語氣特別敏感，草木皆兵，你緊皺的眉頭、一聲短嘆，甚至是過長的沉默都能傷我的心。

過去在愛裡遺失了太多，於是學會節制地付出，養成黑洞般的佔有慾，我對所有待我好的人存疑，無法相信世界上仍有毫無保留的善意。如果我正注視著你，你卻看著其他風景，我便懼怕無法映入你的眼眸。我不要你是太陽，你要像支火柴，一生只有足夠點燃一根蠟燭的溫暖，我要你車廂裡那頂安全帽貼近我的尺寸，再也不為誰調整，我想要你牢記我慣用的衛生棉品牌，習慣我的香水味，我要你的指紋只為我解鎖。

你以為我愛你像你愛我那樣容易，其實我的期待特別易碎，不安會經常讓愛變得銳利又失控，粗魯怠慢的你並不知情，我會不小心傷害你，也會因為傷害你而懊悔不已。

為了不傷你的心，我們不要在一起。

愛總是需要前提

是鳥才能愛鳥

魚只能愛魚

——前提

傍晚下班的時候看到兩隻鳥停在高掛的電纜線上，即便是在天空旋轉著，也維持著很近的距離飛行。雖然不大確定牠們的關係，還是不免羨慕牠們都能擁有飛翔的本能，畢竟愛總是需要前提，是鳥才能愛鳥，魚只能愛魚。

必須擁有甚麼前提才可以相愛呢，門當戶對嗎，性別相異嗎，年齡相仿嗎，教育程度、宗教信仰、價值觀、年收入這些重要嗎？魚愛上鳥，違背了自然法則、各方信仰與科學真理，而我們真的可以無視其他，理直氣壯地說那又如何嗎？

如果你是一隻魚，我是一隻鳥，我會花費所有力氣，盤旋在你上空。在太寒冷的日子裡，從我身體裡流失的水分會變成雨，在海面撞擊出白色的碎浪，而深海裡的你並不知情。你不知道沒有關係，我會悄悄沿著海浪、追隨洋流，陪你到南方過冬。

如果你是一隻鳥，我是一隻魚，你便不會發現等待來生的日子裡，海平面上升除了地球暖化還有其他原因。我要一輩子抵著海面覓食，嘗試不用鰓呼吸，不擇手段地更靠近你。若我的癡情能被憐憫，我會請求上帝讓飛翔的本能代替游泳，或是允許我變成天空。

世上多的是愛無法克服的事情，不能太魯莽地挑戰現實，更不能邀請你葬送大好的年華，我們只能很接近，像兩顆泡泡最大程度地緊依著對方，但你無法包覆我，我也無法成為你。

人魚可以愛王子嗎，青蛙可以愛公主嗎，我可以愛你嗎？當我們的距離像兩個不同的物種那樣遙遠，必須經過幾次大滅絕和幾萬年器官的消長，我的心才可以藉著演化而變得可以愛你呢？

礙著距離

而難以兌現的承諾

不斷提醒著我有多寂寞

——有我陪你

手機震動，左側的白色訊息框框裡寫著：「有我陪你。」那些聽起來體貼的話，在太孤單的時候可能有取暖的作用，但緩解不了由心而生的寒冷。聽的時候熱淚盈眶，眼淚還沒滑至下巴就結成霜。以為愛可以跨越很多，事實上沒有人可以真正陪伴一個人，在各種型態的遙遠面前，相戀是太自不量力的事。雖然理解陪伴並非只建立在物理上，仍會任性地希望你先在我身旁，靈魂伴侶什麼的我們之後再設法培養吧。

情意長不過一百六十公里的鐵軌，因想念而分泌的眼淚也平衡不了途中的海水。總是想透過手機螢幕參與彼此的生活，卻連一句「我想念你」都被不夠通暢的網路打斷，擁抱理所當然地成為太奢侈的事。想吃火鍋的時候、咖啡買一送一的時候，或想看電影搭爆米花的時候，經常為一個人無法享受兩人份的快樂而感到特別沮喪。

當你鍵入那些試圖讓我安心的承諾，還是會被你的真誠感動，但知道那是只能心領的好意，只是安慰的一種說法。安慰的意思是，我送你一個好看的杯子，只能放在櫥窗裡欣賞，你要知道，真正需要陪伴的時候，是不能索取的，擺在透明玻璃後面保護的都是不能使用的。

礙著距離而難以兑現的承諾只是不斷提醒著我有多寂寞，我只能為你的好意感到快樂，一旦說出需求和想望就顯得太幼稚任性了吧。

如果問我哆啦A夢的道具裡我最想要的東西，我會毫不猶豫地回答任意門。

我不要承諾，我要去到你在的地方，親口和你說：

「我就在這陪著你喔。」

我一直都知道

每一個與你的吻

都不只因為愛

一部分是為了延遲離開

——夏秋之際

你是屬於夏天的。

我們在七月相遇，乘坐同一輛機車前往一片祕密海域，當時的氣溫接近體溫，於是你難以覺察我雙手擱在你腰間的炙熱，更別說是你背後，隔著你的襯衫和我的T恤，以每分鐘一百二十次的頻率跳動的心意。

記得一個午後，我們點一碗剉冰，結果只附了一支塑膠湯匙，我起身要索取，你拉住我的衣角示意不必，「要環保啊！」你笑著說。

我們就這樣對坐著吃，一口、一口，你吃完一口換我，當時店裡很安靜，只有生鏽的吊扇呼呼地吹，伴著窗外的蟬聲，暖風吹過樹葉的沙沙聲，宛如世界正為我小心翼翼地喝采。

可是夏天還沒結束我就知道，我只能擁有一季的你，在可預期的互相耽誤裡，在過多限制的相愛裡，共食一碗冰已是過於幸運的事情。

我和你若要擁抱，得跨越長長的時間鴻溝，要多少勇氣加上運氣才可以克服對墜落的恐懼。愛在命運之前是一張脆弱的面紙，吸飽眼淚以後，只需要一點遲疑的拉扯就會破得體無完膚。

在那麼多質疑的聲音裡，我們真的能不質疑自己嗎。我一直都知道，每一個與你的吻都不只因為愛，一部分是為了延遲離開。

短暫擁有彼此的夏日，有煙火、有海灣、有星空、有詩、有歌，我們的故事在七月，有始、有終。

你是屬於夏天的，可惜秋天來了。

運氣

那個夏日的午後，雨的味道附著於暖風，往返吹送整座城市，聞起來像青草混著泥土和汽油的味道，你說你並不喜歡，笑著說的。很多不喜歡的事都能輕易釋懷，因為有喜歡的人在。所以拍下幾張逆著光的照片或海水溼透了裙子都無妨。

看著過暗或過曝的影像，還是能完整想起我是如何笑倒在你懷裡、你背著海的笑容如何載滿幸福，而你摸著我的頭，用超齡的口吻說不要害怕的時候，我又是如何真切地感到無所畏懼。

茫茫人海裡，我們是受多少眷顧才得以相遇，相遇又要加上多少運氣才相愛得起？

雖然已不再央求太遠太好的結局，也明白在下輩子真正來臨以前，只能視承諾為太好聽的玩笑，但當你看著我的眼睛，要我嫁給你時，我竟認真了起來。

只是紅著臉笑說：「別鬧了。」假裝我沒有當真。

你的寬容若是海

我便期望自己像天空

即便眼裡的烏雲再多

也不浪費你的包容

——不浪費

曾經談到你的前一段感情，她用詞尖銳，任性而不可理喻，你很盡力地包容，一次次擁抱她長滿尖刺的身體。直到有一天你再也不想承受更多疼痛，也已無法擠出更多溫暖，去接納那些令人厭倦的被傷害又假性痊癒的過程，才開口要走。

就像在經常下大雨的城市生活幾年而養成備傘的習慣，你的心因著她的任性，撐起了海一般堅不可摧的寬容，於是好像無論我怎麼樣無理，你都不會像我愛過的他那樣冷漠。

我心疼也想珍惜這樣的你。

你的寬容若是海，我便期望自己像天空。我要和你隔著世界遙望，如此一來，即便我眼裡的烏雲再多，也不會浪費你的包容。我和她不同，沒有與生俱來的尖銳，只是我的心易碎，破了的時候，想必善良的你一定會耐心地拾起並為我拼湊，但我捨不得那些碎片割傷你的柔軟。

我要和你像兩顆同極的磁鐵，接近卻無法貼近。我能和你一起盤坐著，膝蓋抵著膝蓋聽一場演唱會；或是看一場會落淚的電影，你緊張地從包包抓出衛生紙遞給我，讓我自己擦乾眼淚。維持著這樣的距離，已經是我們不可多得的靠近。

你一定很納悶吧，為什麼我眼裡愛你的意圖昭然若揭，而你就站在我伸手能及的地方，我卻遲遲不願回應你的請求。

「為什麼兩個相愛的人不能在一起？」我也好想知道為什麼。

遺憾的事交給我

你是負責快樂的人

——結局

百貨公司的服飾已經換季，當時被你慫恿著試穿的那件白色洋裝已不在架上。

從未想過提前買下後三個月的流行，倒是習慣在每一個季節的尾巴留意促銷的訊息，你也是嗎？這是不是能稍稍解釋我們念舊的性格。

經歷過二十四個夏季，還是第一次希望炎熱的日子可以過得慢一些。畢竟我們還沒有背著清水斷崖在崇德海灘上看過一次星星，還沒有一起吃過薄荷巧克力冰淇淋，我還經常想起那個驟雨的下午，你替我抹去臉上的雨水，遺憾當時沒有湊上前，吻你被風吹冷的嘴唇。

再慢一點吧，我還需要一些時間背誦你的地址，才不怕往後遲到的心意沒能抵達你的眼睛。還想趁最後幾個好天氣，把你的詩抄進日記裡，我要拆解所有詞彙，試著曲解然後相信，說服自己裡頭沒有一個字意指我們。我要確定我愛你比你愛我更多，遺憾的事交給我，你是負責快樂的人。

我曾想用下輩子向上帝換取一道彩虹，再祈禱彩虹永遠不要出現，這樣一來我們便能永遠期待。可惜時間從來就不能如此交易，否則我怎會只貪圖一道彩虹，而不去換一幅有你的風景，哪怕是五十年的生命只能換你五個季節的參與，我都願意。

秋天終究是來了，我沒有意外地妥協，坐上一列單向行駛的列車，任洶湧的人潮把我推向月臺，選一個靠走道的位置，遠離海，同時試圖遠離你。

因為以為能夠擁有，才會把遺失的緣分命名為錯過，但也許我們都想錯了，螢火蟲的死，水上樂園的淒涼便是結局，沒有待續。

你說：「沒關係，我可以等待。」

可惜我只有現在。

我在你身邊

但我所能做的也僅止於

在你身邊

——身邊

雖然大部分時候都能忽視年紀的差距，還是會在某一些時刻彰顯這份差距的存在。例如看著你填寫銀行帳戶申請資料上的生日欄位時，以及我帶著你參加朋友婚禮，或是你帶我去看學校社團表演的時候。

我們的兩種生活維持著恆定的距離，以致我感同身受不了你的悲傷。你難過的時候，我試圖用溫熱的掌心貼近你的背脊。總是會有一個聲音告訴我，這樣的安慰並不管用，你的疼痛在很深的地方，是時差砌成的牆，把那些煩惱區隔在離我很遠的過去。

我所能給予的陪伴，不是只有我才能給的。像高峰時段的捷運上貼著你右邊肩膀，時不時推擠碰撞的大叔、像大賣場收銀區排在你後方等待結帳的高中生、像通識課坐在你前方的不明系所的女同學。如此靠近卻又極度陌生，我像他們一樣，總說能在你身邊，但我所能做的也僅止於在你身邊。

每每發現我的存在如此無用，我會很難過，難過很久。原來有一種距離是就算學會遁地飛天也突破不了的，我無法和你解釋職場上的險惡，也難以緩解期末報告帶給你的壓力，即使我們同樣期待著每一個對視的瞬間，我都只能看著你，但看不穿你。

即使我是那麼用力地亮，你的心總有一些角落，是太遙遠的我照不到的地方。若我存夠了對抗命運的勇氣，試著扮演一顆星星，你心裡的冰能不能允許我穿透，因為我的溫柔而融化一點點呢？

愛過你讓愛人成了
好莫住的事情

——慢條斯理

記得小時候每個學期末，老師都會在成績單寫上幾個評論該學期表現的四字成語，小學十二個學期裡，每張成績單上都不約而同地寫了「慢條斯理」。從爸媽擔憂的眼神，明白那是偏向貶義，學習速度慢、效率不及別人的一種說法。

長大的過程持續驗證了這樣的性格，我的心反應過慢，經常要用很長的時間去適應和習慣，再用更長的時間去面對改變，所以才如此冥頑念舊吧。對於情感尤其是，一旦愛一個人，也是用足耐心，緩緩地，持之以恆地愛。

我可以從容地等一班遲來的公車，用同樣的耐心等你回應我的早安，雖然期待以後就是不安，可對你一句問候，我有用不完的期盼，像等主人回家的小狗那樣不斷張望、等在玄關。

我在日記上一筆一畫寫下關於你的字眼，一寫就是好幾年，再用整個青春消除塗改。橡皮擦的稜角像你，輕易刮傷我的手心，雙手沾滿了血，偶爾會在哭的時候弄紅眼角。閒來無事就打開日記，假裝我還能愛你、還正在愛你。

總是在春天將至的時候才適應冬天的寒冷。當時也是在終於撫平不安，要把心交給你的時候，你就收起手。我一回神，眼前便是滿地碎片，我依然耐心地把它們一一拾起，卻再拼湊不成原本的模樣。

在那以後，像經歷了一次演化的蛻變，大病初癒，所有神經末端都置換，長出了敏銳的感官。我變得容易覺察惡意，寧可錯過真心也不要再經歷一次破碎，我從此拒絕聆聽承諾，有效率地放棄所有不屬於自己的東西，愛過你讓愛人成了好難的事情。

失望

那天特別想看海，於是和隔壁的女生換了靠窗的位置，後來才發現那班是山線的車。生活裡充滿這樣小小的失望，一如我總是擔心自己讓你失望，其中包含我天生缺乏的方向感，還有後天殘缺的安全感。那樣的失望像是點了一杯微糖的茶，店員卻做成全糖。你會覺得有些失望，但還是會喝完，心裡可能有一些不甘，帶著一點勉強。

大多數的失望都能看似好好地接納，最後卻都成為生活裡，嘴巴上說不在意，但顯而易見的汙點。像白色洋裝上的咖啡漬，妳不會馬上丟掉，但也不會再穿。照顧一個容易悲傷的人是辛苦的，會連自己都脆弱起來的，你不必急著把溫暖、堅強、勇敢分給我，因為我太貪心。

我需要的不是那些我看起來缺乏的東西，我需要你。

喜歡的時候沒問過你

可不可以

憑什麼在不被喜歡的時候

要你說對不起

——番茄醬

在通訊軟體上用戲謔的口吻說愛，情話之後加上幾個表情符號，再肺腑的言論都能變成玩笑。

你知道我是愛你的，一如海是藍色的，這樣顯而易見的事實。你不一定希望我愛你，但我愛你能讓生活方便一點，我會幫你做筆記，在考前連著 All pass 糖一併交給你。我替你簽到、領考卷，團體報告和你分在同一組，我情願負責所有老師交代的工作，能藉著正當的理由更靠近你讓我很開心，也讓你少費心，我們各取所需。

常常是無所不用其極地袒露心意，想著要是你接受了我的給予，也許就能有意想不到的回應，不奢望加倍，只有一半也沒關係，暗自期望你也有相似的心意。

我像包番茄醬，你從未索取，而我逕自地竄入你的紙袋，你今天點了雞塊附上一盒糖醋醬，便失去打開我的必要。我經常是無用多餘的，但有時候你不會馬上把我丟棄，完餐後把我放進冰箱裡，你想著總有一天會用到，我也以為這樣就是被需要，卻一直沒有等到那天。我在寒冷陰暗的角落熬過了包裝上的期限，再被合理地丟掉。

下一次點餐你依然不會主動和店員說：「不用番茄醬謝謝。」而我的廉價與可悲依然有它存在的必要。

我知道我的愛不是你害的，你只是憐憫只是禮貌，喜歡的時候沒有問過你可不可以，憑什麼在不被喜歡的時候要你說對不起。

距離

一年夏天，和好友參加了清水斷崖划獨木舟看日出的活動，凌晨三點是沒有邊際的黑，亮著星光點點。天色逐漸轉亮，我在海面上，獨木舟輕輕晃著，等待太陽從海的另一端升起。

後來想想，不知道當時是如何被廣告吸引，明明不需要大費周章地，冒著落水的風險划到海中央觀日，畢竟在海面上看見的太陽沒有比較近，在以光年計的遙遠面前根本微不足道。這讓我想起試圖接近你的每一個時刻，在不同的空間裡喝同一種咖啡、聽同一首歌，好像能讓我更靠近你，但那都僅僅是好像而已。

在時間構成的距離面前，我們怎麼抱緊都感覺遙遠。

如果這場旅行有一天會結束，你將是歸途裡我不停懷念的一片美景，是最遺憾不可多得的快樂，是每一場惡夢裡最刻骨的提醒。

我甘願用一切

交換你的一點點

像用一整座宇宙

換你一次回眸

——過度解讀

你可知道在那些手指與文字的攻防裡，在以對話框為舞臺的遊戲裡，你幾乎贏走了我的世界？你愛過幾個人，被很多人愛過，你太知道充滿愛意的眼神期盼聽見什麼，說得天花亂墜也不痛不癢，卻讓我甘願用一切去交換你的一點點，像用一整個夏日的等待換你一聲問候，用一整座宇宙換你一次回眸，那樣卑微。

你說過要一起看舞臺劇和午夜場的電影，那些對話記錄的截圖被我當作寶貝一樣地蒐集在名為喜歡的相簿裡。其實它們不過是華而不實的糖衣，包著戲謔的空氣，我遲疑過，最後依然相信，我不知道我究竟是相信了你還是相信人性。

我誤以為你和我一樣多情，於是誤判了你的表情，以為螢幕那端你的臉和我一樣紅，以為看我說想念你也會害羞，才錯把玩笑當作承諾。

不勞而獲的東西總不會被珍惜，我像一個尾牙抽獎的禮品，一臺你根本用不到的烤箱或除溼機，你從不想得到我，可我一直以來就只期望被你帶走。獲獎的時候全場喝采，你在臺上客套的笑容，和面對我的那種，沒有不同。我總是過度解讀你的禮貌。

我不懂得區別喜歡和善意，或許你也只是沒發現那些無意的關心對於一個愛你的人能畫出多少誤會的空間。我以為你愛我，而你判斷我是朋友，最一般的那種朋友。

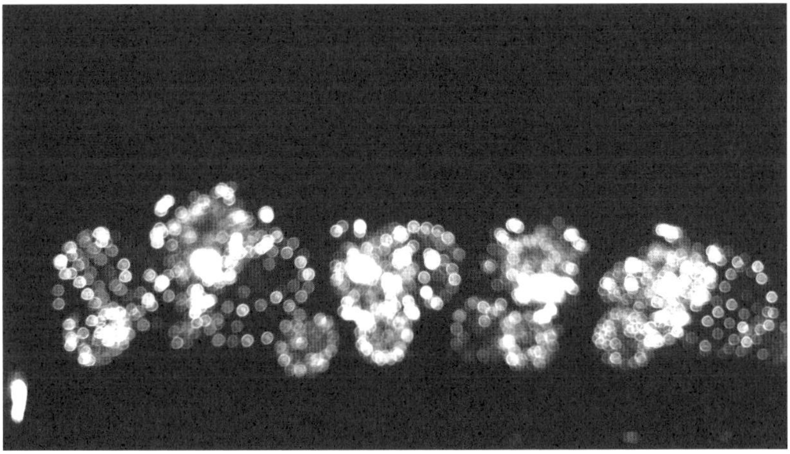

我的模樣
是循著你的喜好建構而成的
然而你還是走得那麼遠了

——適合

週五下班後到賣場買一罐啤酒，沒有意識地選擇夏日限定的鳳梨芒果口味，走出玻璃電動門，迎面而來的寒意才提醒夏日已經走遠，那些沒有袖子的衣服都該收起來了，它們散發著洗衣精的氣味，那瓶「沁藍海洋」是因為你說喜歡，我才買的。

你喜歡看漫威電影，我花了三個週末從《鋼鐵人》第一集看到《復仇者聯盟》第四集，確保在某個靜默對坐著的時刻能有一線談笑的寄託。你喜歡喝氣泡飲料和咖啡，我的冰箱就擺滿可樂，櫥櫃裡的烏龍茶包換成即溶UCC；你聽搖滾，我就開始關注槍與玫瑰；你喜歡看我穿高跟鞋，那些運動鞋我便幾乎不再穿了。

我的模樣是循著你的喜好建構而成的，能與你契合的形狀是我允許你捏造的，企圖讓你以為它們是渾然天成的。

可偽裝的適合終究太勉強了，你還是走得那麼遠了。

聽著為你而建的歌單裡節奏強烈的音樂，大鼓在穩定的節拍上強烈撞擊，每一聲都像在嘲笑我的認真。笑我如此用力地融入你的生活，把不習慣都養成習慣，卻沒發現我們一開始就是油和水般的存在，即便再用力地搖晃混合，都會在短暫靜置後形成殘忍的界線，無法相融。

這個秋天，我把你最喜歡的長捲髮剪掉了，撿起地上的一小撮頭髮，裝進紙袋裡，寫上我們第一次陌生和第二次陌生的日期。在陌生與陌生之間的熟悉，完整詮釋了我愛你的痕跡，關於你的印記就留在這，我想成為自己了。

想念

有些話只能想不能講。喉嚨裡積著想念，想吐卻吐不出來，又吞了下去，積了太多就要生病。

想念是愛你的人才會想聽，所以我們只談朝夕、談山海、談天氣，把想念藏在語氣裡。

如果你也愛我，就會聽出那是帶著喜歡的聲息，循著那些蛛絲馬跡找到為你而埋的伏筆，說你的想念給我聽。

不愛也沒關係，那麼這個祕密就只是一張地圖，指向無人問津的寶藏，我會安慰自己這並不可惜。

你離開得很輕
像按下碼表的歸零鈕
那樣容易

我的時間就此有了新的意義

——以前以後

今天是西元二〇一八年，民國一〇七年，十一月一日，星期四，天氣晴朗。

今天適合買傘，晴天的日子有九折優惠。因為起得比較晚，待洗的衣服和床單只好等到明天處理，可如果明天下雨，也不必著急，總會等到放晴的一天。

十一月有好吃的柿子，有漂亮的楓葉，有感恩節，如果錯過了秋蟹，如果忘了向愛你的人一面吃火雞一面說感謝，別怕，只要明年秋天記得就好。

星期四有一個流動夜市，有衣物回收車會經過，如果今天沒有排到好吃的鹹水雞，如果那些舊衣物還被閒置在家門口，別擔心，一切只要等到下星期就能迎刃而解。

整個世界利用科學的演算，按著地球的自轉公轉週期、月相變化、日升日落與寒暖交替的頻率，把時間切割成二十四小時為一天，七天為一週，三十天為一月，三個月一季、十二個月一年，已然是真理般的認定和習慣，而且每一天都被置入特別的編號，例如今天是二〇一八年十一月一日星期四。

按著這些時間單位發生的事常常讓人忽略日子的特別，總是認為七天後還有一個星期四，明年還有一個十一月一日，晚間錯過的《延禧攻略》明天還會重播，期中考考差了還有期末考能扳回，剪壞的頭髮也總有一天會再長出來，於是有恃無恐地過日子，好像所有東西都會藉著編號的重複而重新來過，直到你的轉身帶來了天災般的驟變。

你離開得很輕，像按下碼表的歸零鈕那樣容易，時間就此有了新的意義，所謂的以前和以後都以那場災難為界線。孤單的雨下了數個月未停，淹沒了卡片、毛衣還有你送的鞋，床從美夢的聚集地變成悲傷的培養皿，所有雙人份的物品變得哀傷而多餘。

當時我們是那麼篤定地承諾未來要如何，要是現在不能，以後一定也能如何。

讓我想起你房間牆上的那張地圖，在東京、巴黎、威尼斯和冰島的位置釘上紅色的圖釘，那是待完成的標記，Google Chrome 的書籤裡放滿的食記、硬碟裡的電影，那些相約一起履行的，以下次為開頭的承諾都瞬間失效過期。

因為加班而取消的情人節大餐、冬天錯過的大型耶誕樹、澎湖的花火節，還有被颱風吹散的墾丁之旅，以為指日可待的約會和假期，在下個月、下一年或下個十年，都沒能實現也來不及彌補了，關於我們的都不會再發生了。

要是我能提前知道所謂「以後」將不同於當時所想的，知道那樣的快樂是前所未有、其後也不會有的，是不是就能避免意料之外的傷心呢？「失去以後才懂珍惜」，怎麼能是你教會我這句話的涵義。

時間一直在向前，每一天都如此特別，這是一件多麼悲傷的事情。

想裝下你這樣昂貴的寶物

可手上單薄破舊的容器

無法與你相襯

——聖誕

寒意漸漸滲透北部，想必你那裡的風也是能刺進骨骼的程度了。你是我見過少數怕冷的男生。去年冬天我們在夜市裡找不到一杯熱飲，你見我發抖，就好強地把大衣脫下命令我穿上，再拉著我的手繼續走。走到你的手和氣溫一樣冷，你還是堅持要我喝第一口熱可可，喝之前還不忘為我吹一吹，提醒我小心燙口。你總是這樣。

走過販賣食物的地方便是小鋼珠和BB彈的遊戲區，一直自認打靶是我的專長，於是花了一百元，一人十顆子彈，提議要和你較量擊破的氣球數量。說好贏的人可以提出任何要求，輸的人則要竭盡所能地完成，記得嗎，直到現在你都尚未許願呢。

這幾天，人行道兩旁的樹都掛上燈飾，文具店裡開始播放應景的歡樂歌曲，家附近的超市也賣起了聖誕樹，塑膠製的那種仿針葉，樹枝是金屬線纏繞而成的，旁邊的架子懸掛著尺寸單一的聖誕帽、一些閃爍的燈具，還有琳琅滿目的掛飾。抓了一個好喜歡的聖誕襪在手裡，走去結帳的路上，才想起我並沒有樹，於是又掛了回去。

想起宋冬野的〈董小姐〉，有句歌詞是「愛上一匹野馬，可我的家裡沒有草原」。

我已認清自己是匱乏的人，不夠完美的地方很多，我身上無一處能匹配那麼好的你。想裝下你這樣昂貴的寶物，手上卻只有單薄破舊的容器，無法與你相襯。像商店裡小小的禮物盒和彩球裝飾，它們如此可愛，為了樹，為了短暫的節慶而被製造，但是我沒有樹。

在你射下第九顆氣球以前，我都還有至少平手的把握。而結局是你以十比九戰勝了我，我輸你一顆氣球，同時輸掉一整座青春。

這個冬天比往年暖和，我卻覺得更冷了。一個人走在夜市，刻意經過那個射擊遊戲的攤子，上頭的氣球還像當年一樣繽紛，它們為了等待破裂而灌滿空氣，像愛情，它曾經等在那裡，可惜我沒有槍。

你是不是早就默默許下了離開的願望，我竭盡所能地成全你，才失去你的。

若連你都沒辦法接受

這樣的醜陋

那我們一起投降

——怪獸

平時喜歡看的書，大多是散文或詩集，偶爾也會參考書店排行榜，看看其他類型的書，而心靈勵志一直是我最少翻閱的一類，甚至少於養生保健類和兒童繪本。總是不相信那些教人戰勝負能量、與情緒和解，或是練習安全感自給自足的書，能導正或教育我成為「更好的人」。畢竟，自己一直都未能列出所謂成為好人的條件，又要如何依循呢？

從未覺得自己需要被指導，認為現狀挺好，也知道有一些事情得要自己摸索，任何坐在沙發上轉動眼珠的努力都是紙上談兵，就像做英文閱讀測驗來試圖增進口說技巧那樣無用。我曾經是這樣認為的。

直到有一天，我開始翻閱那些書籍，開始在搜尋引擎上鍵入「信任他人」、「克服不安」的關鍵字，那是走投無路、幾近絕望的求救。像在踩不到底的湖水中掙扎，任何一根伸手可及的水草都能被視為浮木，進而燃起求生的慾望，你可知道我多麼想和你在一起？

在以為終於痊癒，愛上你，接著期盼著踏入一段與你的關係時，才驚覺心裡潛伏著一頭怪獸，住在上一個人留下的洞裡。那些悲傷的經歷早就遺忘了細節，卻強硬地把我塑造成過分害怕失去的人。於是尚未建構就擔心倒塌，未起飛就恐懼墜落，還沒牽手就預想所有分離的可能，怕你認為我值得其實是個誤會，視所有關係裡衍生的不快樂是不適合。

你看見牠的時候，害怕了嗎？我失控的眼淚和匱乏的安全感如同炸彈一般，想必讓你很辛苦。愛上我你後悔了嗎？如果沒有的話，就只是還沒吧。

若連你都沒辦法接受這樣的醜陋，那我們一起投降，請不要愛我。我一直都知道，恐懼能戰勝的事比愛更多，我們夠努力了，只是錯在太有把握。

每一次擁有都在向失去靠近

若有幸再重來一次仍會愛你如初見，但這次我會更仔細記得你愛我的模樣，夢裡你觀浪的側臉，清澈的嗓音，牽手時的靦腆，好看的眼睛，和你說喜歡的時候紅紅的臉。

如果無法愛你的原因只是未來的變數過多，我會提醒自己我們正在前往的遠方沒有家，只有一支牙刷、一個人的城市和孤單日復一日。

若知道終點以後還執意前往，那麼那些可能傷心的過程就是我圖你一抹溫柔的代價，而我認為很值得。

「每一次擁有都在向失去靠近。」也許這樣的念頭無法減少疼痛，但能在你要走的時候更捨得一點。

我們希望的都一樣
只是我必須背著那樣的希望
去實現最不希望的事

——請你原諒

有意識的珍惜大多是帶著悲傷的，像個癌末的病人，在所剩不多的日子裡想把握住什麼，用力地感受快樂。而此刻我們的嚮往就如病人的生命，不知道會結束在哪裡。但我確定不遠了。

時間一直在走，硬是推著我們向前，可我好想退，退到那個介於滿月與新月之間，漲潮與退潮之間，晴天和雨天之間，那個不能再普通的夏夜，把那句喜歡收回心裡。

即便我的臉紅得那麼明顯，愛得顯而易見，我都不要承認我愛你，如此一來你會知難而退嗎？會抽幾根菸再喝上幾夜啤酒，過上幾個艱難的日子，爾後迎接更好的戀情嗎？

我們背負著命定的時差，即便向著同一方，都可能在輿論的洪流裡被沖散，擲下的愛也許在抵達對方之前就付諸大海。遇見你讓我成了膽小鬼，你是我最大的弱點，我敢愛你、掏空自己，可我不要你浪費大好的青春陪我冒險。

請你務必相信，我們希望的都一樣，只是我必須背著那樣的希望，去實現最不希望的事。

還請你原諒。

告別以前，我想用光所有假期和你去旅行，實現所有未竟的承諾，看一場夏日煙火和一場舞臺劇，聽黃玠的演唱會，抽完最後一根菸，然後我們都不要遺憾了。

每天都是一種練習

——眼看著月曆又要撕下一頁，我還在練習道別。

#練習 1

午夜十二點，戴上眼罩然後躺下。大概是從念研究所開始，變得常常失眠，一點點光線就無法入睡，於是開始習慣戴眼罩。慣用的眼罩有一點舊了，上頭起了毛球，是去年夏天你到日本旅行時在飛機上索取的，很高興即便你身在遙遠的高空仍惦記著我，上頭帶著淺淺的木質調香味，是我一直不願意清洗的原因。

每天睡前，我會在過大的床上小聲地祈禱：「做個有你的夢吧。」撕心裂肺也無所謂，我想和你說好久不見，問你有沒有像我想念你那樣想念我。我要厚臉皮地要求一個太遲的擁抱，久違地在你懷裡撒嬌，讓右耳貼近你的左胸，仔細感受臟器的起伏。「漸快的心跳還能是因為我嗎？」不等你回答，扶起你好看的下巴，我要大肆懷念一個吻的美好。

#練習 2

清晨六點半，看著夢裡你的背影漸遠而驚醒，枕巾濕濕的，眼角還熱著。越過右邊的蕩然清楚眺見空無一物的床頭櫃，你的眼鏡和手錶後來去了哪裡呢？

以前你總是起得比較晚，記得某個星期一你恰好放假，前一晚你孩子氣地用立誓的口吻說，隔天要為我做早餐，後來你真的起了大早，小小的折疊桌上擺滿盤子。除了煎培根，我已忘了你還料理什麼，只記得我一面吃，一面佯裝眼裡的水是因為感動而分泌，你摸著我的頭，笑說以後能常常做給我吃。你沒有察覺我眼裡的害怕，怕過於美好的時光寵壞我。畢竟愛在現實之前卑微又渺小，你的笑容再美好也什麼都阻止不了，我很快就要失寵。

陽光被百葉窗切割得整齊，映在白色床單上，讓我想起你穿那件條紋T恤在廚房煎培根的背影。記憶有些模糊，後青春期的腦袋果然不管用了，如果當時知道再也沒有機會看見，我一定用最好的相機留念。

#練習 3

早上八點，隨意地刷牙洗臉，不再講究擠牙膏要從尾端，匆忙地從冰箱裡拿出早餐就往嘴裡塞，生活漸漸失去原則，可是愛莫能助。像是到了十月卻依然炎熱的秋天，全世界都清楚地球的暖是人類的錯，只是一個人的努力太薄弱，於是我們傾向不費力地習慣，假裝三十度的秋天很正常。我也假裝你不在很一般，是我寂寞得太不自然。

太久沒有約會，少了添購新衣服的理由，白色的洋裝有些泛黃，褲子的鬆緊帶已經疲乏，裸身盯著衣櫃許久，卻挑揀不出任何一件。最後還是選擇簡單的棉質上衣和牛仔褲，所謂流行、美感，已是無心生活的我沾不上的邊。

下睫毛掛著黑眼圈，所有人都能看出這是想念你的後果，厚重的妝容掩飾不了悲傷，眼線一上就被眼淚暈開，身體總是比嘴巴誠實，這樣欲蓋彌彰的姿態一定很可笑吧。紮起簡單的馬尾，坐在我們曾親吻的玄關穿鞋，有時候套上襪子才發現不是一對，我就會想起他們曾說：「你們不配。」

騎上搭載回憶的藍色摩托車前往公司，十五分鐘的路程有些難熬，要避開的街道很多，能聽的歌已經很少。所幸當時你為我選擇抗紫外線的深色遮罩，否則烈日下要如何掩飾下雨的臉。

#練習 4

中午十二點，頻繁的憂傷鈍化了身體對餓的知覺，其實這並不難理解，負載著情緒本就難以再放上其他，我們都是那麼有限的容器，一如我的心只裝得下你，這世界也僅能容下被世俗看好的戀情，容不下我們。打開便當，仔細揀出我不喜愛的配菜，再也沒有人能改變它們被浪費的命運，終究只能成為廚餘。但沒關係，之於世界，我的存在和它們一樣多餘。你習慣把最好吃的給我，我習慣把好吃的留在最後。也許是最好的必須留到最後吧，所以與你的緣分才要留給下輩子。

#練習 5

傍晚六點，入秋的雨時而細小時而滂沱，幾滴雨水弄溼了上衣，仍覺得一個人撐傘過大了些。生日願望從長廂廝守退讓至為你溼透肩膀，它們從未實現過。走到公司後門的停車格，你曾在這裡等過我。昏暗的小巷讓人輕易想像，差點以為你還在那裡，差點以為再走進，就能跌入你的雙臂。

這陣子唯一值得一提的好消息，大概是終於習慣自己戴安全帽了。返家的路緊倚著海，再靠近一點就聽得見浪，騎得太慢就會被回憶追上。晚餐時間市區很熱鬧，成對的、成群的人都在夜晚相聚了。對比隻身一人，不免覺得快樂的氛圍充滿惡意，因此相較於內用，更喜歡外帶晚餐回家，一人份的。我拒絕對你以外的世界袒露孤單，對我而言，承認寂寞始終只想表達一件事：「我想要你在。」於是後來的日子我總是要自己看起來強悍勇敢。

#練習 6

晚上十點，洗掉悲傷的一天，歸零重計。你對氣味挑剔得像貓咪，架子上的洗沐用品都是依你喜好挑選的，洗一場熱水澡，淺至髮梢、深至骨骼都注滿你喜愛的味道，飽滿又空盪，畢竟藝術品總是要有人欣賞，它的漂亮才具有意義。

浴室是最適合哭泣的場景，眼淚還沒流到下巴就被清水稀釋代替，像從未哭過那樣，紅紅的眼睛還能推卸給洗髮精。

記得你在為我吹頭髮之前會先替我卸下項鍊，吹乾以後再為我戴上，而自分開那晚起，我就不曾拿下它了。每每在鏡子前端詳它的光澤，就慶幸扣環處留有你部分的指紋，還能安慰自己那是你為我繫上的結，想不悲傷，就要等你來解。

#練習 7

午夜十二點，每當眼罩上的香水味又竄入鼻腔，就提醒我一天又過去了，如果你依然前進著，那我們又更遠了呢。你曾和我說過，人會選擇性地忘記特別悲傷的事，這似乎也體現在關於你的記憶上了。

分開的那一晚，我從你的唇形讀出抱歉，從你的眼睛看出你用盡力氣的疲態。接著視線就被眼裡的水折射得一塌糊塗，你真正說了什麼我也聽不見了，那些溫柔卻傷人的話還沒傳至我的耳膜，就逸散在潮濕的空氣裡。你轉身離去後漸遠的背影，像一班錯過的公車那樣，駛離我的時區，我留不住任何東西。

眼看著月曆又要撕下一頁，我還在練習道別。今晚也要好好地祈禱：「做個有你的夢吧。」再擁有你一次、再失去你一次，反覆練習後我一定能熟悉夢以外的，沒有你的日子。

親愛的晚安，我們夢裡見。

輯二

死心塌地

在你生命裡，我是個配角，負責演繹失去。從捨不得到捨得，反覆排練，再盡責地悲傷至落幕，一直到觀眾離席，我還在哭。

如果愛是和喜歡的人跳一支舞，我便是在聚光燈外落單的旋轉；若愛是成對的影子，我就做一棵畏光的樹；又如果愛是枚射向你心臟的子彈，我就無可避免地淪落為一把壞掉的槍。

演得太入戲，逼真地以為自己真的失去了什麼，結局是我從未擁有過。

後來走進我心裡的人

都恰好不會游泳

——隕石

如果我提前瞭解了青春就是這副德性，我還是會拋下書本，賭上未來七年的眼淚朝你走去。把刀刃交付予你，不去迴避被愛傷透的命運。說是迴避，其實是別無選擇地愛你。愛你不是我的決定，而不愛我是你的權利。

你不會知道這幾年我的日子是怎麼過的，我也不會踏著自尊，揮舞「我還愛著你啊」的旗幟承認它們糟透了。

我想努力地活下去，所以呼吸，可越用力越傷心，每一次吸氣，悲傷就像一股惡臭席捲而來，只能任憑它竄入咽喉、氣管，進入肺泡和我所剩不多的快樂交換。隨之而來的是沮喪、無助，以及無垠的孤單，你是空氣汙染的禍首，讓我的城市終年不見天日。

直至現在，我都還能聞見心裡瀰漫著潮溼的味道，那裡長滿蜷曲的蕨類植物，四季皆開不出一朵玫瑰。起初你像一顆隕石墜落在我的花園裡，為了接住你，換得我一身百孔千瘡，巨大的質量在我心上鑄下深不見底的黑洞，從此眼淚氾濫一瞬，就填成湖泊。後來走進我心裡的人，都恰好不會游泳。

可我之於你，不過是一次手臂上的緊握，在襯衫上留下淺淺的、淺淺的皺摺，像一陣暖風經過，什麼都沒有留下，也什麼都帶不走。

偶爾還是會想，究竟缺乏了哪一種溫柔或成熟才無法讓你的眼神停留，哪怕只是三秒鐘。

我還是好想知道，即便你已經離我那麼遠，遠到這個問題不足為道。

眼淚像海浪
可你再也不是我的岸

——青春

認識你在高三那一年，距離學測不到一百天，這時候任何情感都該被牢牢鎖在補習班狹小的座位裡。不過誰也阻止不了情愛的野獸，何況是桌上這張單薄的考卷。

那是一個MP3盛行的年代，初冬的早晨，你在教室裡寫數甲的模擬考題，白色的耳機延伸至抽屜是一臺SONY隨身聽，旁邊還放著一張陳綺貞二〇〇五年發行的精選集，前一晚我也播放那張CD入睡，我們都喜歡聽陳綺貞，當時還為這樣浪漫的巧合沾沾自喜，光是相似的喜好就能讓我想像這一切是天造地設。

有一晚，在無人的街道上唱〈黑眼圈〉，你唱一句，我就接下一句。

「一夜一夜，熬成深深黑眼圈。」

「這就是我愛你的表現。」

我們在黑眼圈上，蓋一層名為愛的輕柔，試圖忽略攸關未來的沉重，可是依然沉重。

你是理性務實的，我只顧著做夢。你在補習班練習題庫，我就到便利商店買彩虹糖放在你的機車上，再附上一張寫了「三個月紀念日快樂，願你的心情像彩虹一樣漂亮」的凱蒂貓紙條，還執意折成愛心的形狀。我花了很多心思在我認為能讓你快樂因此我快樂的小事上，但你並不需要。

大考結束的當天，你平靜地說要做朋友，我內心洶湧，不知道如何拒絕你的要求，要如何保有自尊地透露我不想只和你做朋友。我沒有擠出一句回應，眼淚像海浪，可你再也不是我的岸。

那天臨走前你遞給我一份禮物，是陳綺貞在〈旅行的意義〉MV裡戴的安全帽，那晚我戴上安全帽哭著睡著。

事實上你騙了我，我們後來並沒有從此變成朋友。但已無從也不必追究了。

是青春允許我們輕易地相信夢幻遙遠的時間副詞，有一顆健康的心臟勇敢去受傷。

有時候還會想到那個巷子口的初吻，那個耳朵發燙的瞬間，十八歲可以不懂世故、不論門戶地愛一個人，也可以輕易地說出永遠對一切認真。七年後的此刻，我依然羨慕當時的奮不顧身，和以為愛總是美好的純真。

後來關於你的事已很少握著酒瓶提起，不過戴著安全帽睡覺倒是成為了這個青春故事裡最幽默的結局，是連自己也能一笑置之的傷心。

十七歲認為重要的那些

都變成煙

從二十五歲望去

天空已經清澈一片

——你的名字

漸漸覺得青春遙遠而陌生，翹課翻牆看海、練吉他長繭的日子、與專心背誦九九乘法表的時光之間塞進了多少歲月呢？計算這些還得花上一些時間，不像我總是可以不假思索地說出我愛你幾年。

大二那一年，是臉書最盛行的時候，有一段時間流行分享「最常出現在個人動態的詞」，那應該是個類似統計程式的東西吧，能夠計算一個人過往在臉書平臺上使用頻率最高的詞彙，其中用語比較生活化的人可能是「傻眼」，經常發感謝文的大概是「謝謝」，我看過最多的則是「哈哈哈哈」。

記得高中時為了因應潮流，央求媽媽買了一隻價格不菲的Sony Ericsson手機給我，昂貴的程度當然不比現在的蘋果，不過對高中時的我來說，是要攢下兩年的零用錢，不喝手搖飲料才負擔得起的。之所以流行，是因為當時同學之間流行用藍芽傳送「便簽」，只要座位的距離不太遠，就能運用高科技傳送紙條，不像簡訊需要付費，也不必擔心老師發現。

高三那年，整條走廊壟罩在大學學測的烏雲之下，我的世界卻格外晴朗。女孩們的私語在藍芽 2.45 GHz 的頻段上猖狂地流動著，有時候是小考答案，也有時候是幼稚的脾氣與謾罵，更多時候是關於戀情的疑難雜症。如果由我發送與接收的頻段能像臉書那樣被記錄和統計，大概會發現我最常使用的詞是你的名字。

令人懊惱的排列組合我始終沒有學會，也不清楚默背的課文究竟改變了人生的哪一部分，十七歲認為重要的那些都變成煙，從二十五歲望去，天空已經清澈一片。成長的風悄悄地，像塑造一顆女王頭那樣，把我們吹成像樣的大人了。

當時緊握至指甲割傷手心還遲遲不肯放棄的東西，都沒有被留下，如今也不再像當年那樣珍視了。時間其實並不會成為任何悲傷的解藥，只是各自改變的我們對那段記憶有了不同的解釋而已。

你的名字也許之於別人有了特別的意義，身分證配偶欄印上誰的姓名了嗎？要是你很好那就好了，那麼我十七歲的願望也算是實現了。

我們都知道
這是一場沒有目的地的前往

——我愛過她

我喜歡上一個女生，一個和我一樣留長髮的女生。

那時候，至少在我每天得待上十小時，除了老師以外鮮有男性的校園生活裡，這不是一件太意外的事。未來、婚姻、輿論或家人的贊成與祝福，都是高二的我從未想過的事，唯一確定的是我喜歡她，未經世事的勇敢，讓人不顧一切，賠掉青春也無所謂地喜歡她。

我們在同一間教室裡上課，交換紙條，紙條上大多是言不及義的事、笑話或八卦，在信紙的最後通常會點綴一些曖昧的字句，例如「想妳」。即便是這樣明目張膽的告白，不幸被老師發現，大聲朗誦給全世界聽，大概也沒有人會懷疑我們之間除了友誼還有其他情誼，身體是最好的掩飾，同時也是相愛最大的阻力。

當時我們的手機都是易付卡，我們在睡前講電話，但避而不談愛。有時候講一個鐘頭，也有時候講兩個鐘頭，結束通話的原因通常是為了留給明天足夠的餘額，或是講到一半餘額用盡被強制切斷。幾乎每三天就得儲值一次，我們都知道在哪一家商店可以用兩百八十元買到價值三百八十元通話費的易付卡，我們也都知道，這是一場沒有目的地的前往。

我們中午通常不睡午覺，為了避開教官，我帶妳到地下室彈吉他，去頂樓吹風，或到圖書館選一部電影，要牽著手看。電影演了什麼我們不必在意，離開教室不過是為了能讓我們有擁抱的空間，僅此而已，我不曾吻過妳。

這段比較不一樣的友情，頂多只能算是一場單向的愛慕，我的喜歡最後仍沒有得到回應，關係草草地結束在準備大考的戰場裡。也許她有難言的顧慮，也或許是她預見了我們無能克服的事，而理性地選擇疏遠。

八年後，聽朋友說她愛上了一個男人，很替她開心，不僅是因為她找到了另一顆能夠安放情感的心，也因為這個世界還不夠友善，在臺灣尚未能歸還所有人成家的權利以前，也許愛上一個男人還算是幸運的事。

我不確定她是否愛過我，但我確實愛過她，像我後來愛男人那樣地愛過她。

和你一起淋過

兩個月的雨

我花上整整兩年

才擦乾自己

——共謀

大學的時候，我就讀的學院有八層樓高，再上去一點的頂樓，我們稱為生資九樓，那裡能俯瞰半個宜蘭市的夜景。我和朋友們經常帶著啤酒，摸黑走到太陽能板旁躺下，恰好可以一覽整面星空，尤其是夏天的時候。

大概是在那個時候喜歡上你的吧，我們一群人在頂樓的溫室旁邊笑鬧，微弱的月光映著所有人的側臉，只有你的被收進我眼睛。我不太確定這樣的心意是一直累積還是忽然之間，只記得有很長一段時間，我會在上課的時候刻意選擇你附近的座位，偷偷觀察你的舉止，會在下課的時候假裝不經意地經過你，聽你和別人都聊什麼天。

我們成為戀人是在一次朋友們的聚會，此起彼落的「在一起！」呼聲裡。每當你送我回宿舍，我們就會和其他情侶一樣，難掩不捨地道別，成為經過的人眼裡最刺目的風景。

當時是偶像劇《我可能不會愛你》播出的時候，主題曲〈我不會喜歡你〉裡頭有一句歌詞是「有你的城市下雨也美麗」，每聽到這一句，我就會想起你。

宜蘭時常下雨，有時候一連下好幾天都不會停，宿舍的衣櫥一直很潮溼，衣服散著混合熊寶貝香氣的霉味，我們的回憶也幾乎都有雨的參與。和你一起淋過兩個月的雨，我花上整整兩年才擦乾自己。

我們牽著手的時間甚至不滿一個季節，結束也是，像夏季和冬季的交替那樣，幾乎未察覺秋天的到來。氣溫的驟降那樣乾脆果斷，又殘忍，你沒有說想結束的原因，只說更適合做朋友吧，我只好一直檢討自己，地毯式般地搜索一件毛衣的所有線頭，抽光以後就是所剩不多的自我。以致現在我幾乎無法從記憶裡篩選出與你有關的、快樂的部分，它們早就被眼淚稀釋得一塌糊塗，像近似零的未知數，在等號的右邊乾脆地被消除，究竟為多少根本沒有人在乎。

分開後的那一年，學校舉辦了一場新詩比賽，我也藉著這樣的機會寫了一首詩紀念我們，後來它意外地獲獎，被輸出成一張全開的海報展示在圖書館裡，除了屬名外，還放了一張令人啼笑皆非的自拍照。真抱歉，一定讓你很尷尬吧，全世界都看得出來是寫給你的。

那首詩是這樣的：

髮香混合著魚池的腥味
還以為夏天不會走遠
以生資九樓的星星
和熬夜點燈的人聚合而成的夜景為起點

潮溼氣候三百六十五天
穿著布滿霉味分子的洋裝和你約會
下雨了　城市依然美麗
很美麗

女生宿舍外離情依依的戀人絡繹不絕
羨煞了誰的太自由
可惜了
曾經我們也是共謀

你會不會記得曾經有一個人
不計疼痛只為更接近你

——聽見下雨的聲音

說起來有一點丟人，自十七歲初戀至今，我始終沒有學會愛人，更正確地說，是不懂得如何技巧性地愛人使對方同等地愛上自己。

一直認為對所愛的人好，就要像飛蛾撲火，奮不顧身不是選擇，而是本能。

也許身上有著太誠實的基因，藏不住表情，做不到欲擒故縱，對一個人好，就要用盡一切手段把自己掏空，把血肉模糊的臟器捧在手裡說：「收下吧，拜託。」然後再自以為浪漫地承諾。殊不知，對方根本無所謂那些我用性命擔保的、關於恆久和專一的諾言，只在意從我指縫滲出的血是否會弄髒他的白鞋。

分開那年，魏如昀發行〈聽見下雨的聲音〉，期末的聚會裡，我們默契地遠離對方，選擇坐在KTV包廂的對角，聽其他朋友唱著。

你知道嗎，其實雨是沒有聲音的，它在雲層上方無聲地聚集凝結，自兩千公尺的高空，以每平方秒九・八公尺的加速度筆直劃破空氣時，都是安靜的，所謂下雨的聲音，是它太放心地墜落，卻沒能被溫柔地接納，用力撞擊地面而響徹整座城市的疼痛。

此生我註定是雨了，乘載著相守的期待降落，重重地打在名為愛人的柏油路面，沒有人察覺斗大的水珠裡盛滿了喜歡，騎士們停在路旁穿起雨衣，行人紛紛撐起傘，一面抱怨著：「又下雨了。」像極了你和我說話時總是不耐的模樣。

我已不再介懷當時去而未返的心意，如果你能記得雨的聲音，記得曾經有一個人不計疼痛只為更接近你，那便值得了。

疏於練習的我們
已經喪失回憶的權利

——芳香包

我也有過一段關係，壞到難以相信它曾經很好過。

我和他再不會因為見到對方而體溫遽升。但誰也無法否認第一次牽手而加速的心跳，和因為緊張而發抖的嘴唇，它們都沒有騙人。

愛到了後來，像一包氣味盡失的芳香包，它全心全意地揮發至我的每一件毛衣和外套，口袋裡裝滿你的體貼，纖維之間擴散著你的溫柔，託你的福，我方能輕易地度過寒冬。

它的香味依附在我的平庸生活，淡淡地綿延五個年頭，不是一靠近就能被聞見的濃烈，至少並不討厭。像衛生棉，你沒有用過所有品牌，不能說它是最好用的，只是習慣，可惜習慣不是愛。

它上面有好看的歐式花紋，搭配黃銅製的掛鉤和薄荷綠的緞帶，十分耐看，幾度想丟掉，但它還很好，沒有不好到需要馬上丟掉。於是苟且跨越十九次季節的更迭，新的衣服換掉舊的，它卻始終吊掛在衣櫃的右邊角落，試圖悄悄地在每一季占有部分的記憶。

太放心地揮霍一段關係，時間就悄悄地把我們推向陌生，遺落了怦然的感覺，想找回來，卻連我們經過哪裡都想不起來。我們在所有人面前牽手擁抱，背對背睡著沒有人知道。

仙人掌可能需要很少的水，但它依然需要。疏於練習的我們已經喪失回憶的權利，忘了上一次一起馳騁在雨裡是什麼時候，有沒有碰見彩虹，你曾想過上一個吻竟是最後一個嗎。

對於必然的可惜我只能頻頻說抱歉，事實上沒有人應該為此道歉，卻也責無旁貸，推卸給距離並不是負責任的行為，我們都怪自己不夠努力，但曾幾何時愛需要努力？

芳香包終究是一次性的商品，無味就勢必丟棄。

夏天就要過去了，季節交替的過敏即將來襲，但人們終會習慣寒冷的天氣，想必習慣新的氣味也不會是太難的事。

她會不會和我
有一點點相像呢
那些你曾經喜歡我的地方
她也有嗎

——她

以往冬天的天色都這樣灰嗎？氣溫的下降都是這樣不留情嗎？和你生活的日子，我的眼裡就只有你，不曾留意其他風景。你像一場離奇的氣候變遷，置換我的冬天，讓我誤以為四季如春。

你像風一樣地走了，我的世界從此四季分明。我的手捧著期待赤裸地晾在風裡，等不到你牽緊，也許你早就成了另一個人的春天，像你曾經溫暖我那樣。

那些我所匱乏的，她都擁有嗎？

她介意你口腔裡的菸味嗎，她會在你打開第五瓶啤酒之前沒收開瓶器嗎，她也許願意放任你的慾望消耗身體吧。

她是不是也經常沒有顧忌地大笑，還是會在露齒的時候用手輕輕地摀住嘴巴呢，她有我所沒有的氣質嗎？

當時你一面說著不希望我難過，卻一面後退、眼神閃爍，你說不清楚離開的意義，你沒有回應你愛我，也沒有否認你已經不愛我。

用婉轉的言詞包裹著尖銳的指控，是你最後的溫柔。告別的子彈已上膛，你持槍抵住那些令你不耐的性格，我過剩的愛、控制欲與不安全感，她都沒有嗎？

如果是的話，那就太好了，她不會被你丟掉了。

最後我還想問，她會不會和我有一點相像呢，那些你曾經喜歡我的地方，她也有嗎？愛著她的時候你會前所未有地幸福嗎？她像我愛你那樣不計代價嗎？

她對你好嗎？如果是的話，那就太好了，你們能擁有我無幸擁有的幸福了。

謹記你的好

是不是哪一個環節出錯，以致我們偏離原本的軌道，走向錯的終點。若你想自由的時候我能毫不吝嗇地給予，能耐心理解你的脾氣，能不要是你前往夢想的阻力，是不是我們就能抵達最初嚮往的地方。

被離棄的人都不小心以為自己太糟糕才被丟掉，於是不斷確認自己不足被愛的地方。其實你已經很好，你愛得很好，如果你願意，他離開的原因我們晚一點再探討。

你得先好好吃飯睡覺，買幾件喜歡的衣服，不用理會他的偏好，找朋友喝酒聊通宵，不提他的好或不好，從容地化上滿意的妝，把鏡子擦亮、欣賞你的漂亮，並謹記你的好，無論他知不知道。

有一天他離開的原因會不再重要。

漫不經心的結果是
我對你的擁抱感到陌生
你也對破碎的關係不以為然

——漫不經心

那天的天空並不特別藍，雲不多也不少，窗框把它們切割得很整齊，切面平整得像它們原本就是分離的。就好像我們初識時，拼湊在一起，一點也不勉強的模樣。

是什麼時候開始覺得勉強的呢？是你說好久沒有一起去旅行，我卻只想把週末留給影集的時候；還是你把婚紗和喜餅的網址連結貼給我，我有意識地略過，顧左右而言他的時候。

記得尚未在一起時，你冒著大雨為我從羅東夜市拎回來的阿灶伯羊肉湯，記得我熬了三個夜晚背著你做一張布滿機關的生日卡片，可是後來的怠慢卻讓人誤以為這些都不曾存在過。我愛過你啊，你也同樣愛過我吧。

愛到尾聲的時候，我們已經不太講電話，一整天的訊息往返不到十則，原本計畫要見面的日子也輕易地被變化趕上。那些「變化」大至感冒發燒，小至朋友突然約的電影，曾幾何時我們安於遠距，對遙遙無期的再會一點也沒有所謂。

漫不經心的結果是我對你的擁抱感到陌生，你也對破碎的關係不以為然，好像習慣也認定了有彼此共度一生，就能有恃無恐地揮霍多年攢下的包容和體貼，我們果然太偷懶了。

眼看著未來越來越近，卻是用更少的心思規畫，我們曾經手執同一支筆，一畫一畫地描繪出生活的輪廓，但把燈打亮，將以家為名的藍圖攤在桌上，才驚覺愛已扭曲成如此潦草隨便的模樣。

有限

每一個人都是定量的容器，能裝下的只有那麼多而已。逾期尚未繳納的帳單，孩子的鋼琴課學費，父親逐漸退化的膝蓋，待修理的抽油煙機，陽臺上疏於灌溉的玫瑰。

當我們被許多更急迫的瑣碎填滿，就只好把太重要的東西先從心裡拿出來，擺在放存摺與印章的那個重要抽屜裡。心想著待塵埃落定，再好好照顧疼惜。

一晃眼可能就是好幾年，你會在某個閒暇早晨問起我的白髮和漸深的細紋，你以為它們是忽然形成的。屆時你敢肯定的說愛我嗎，如何斷定那和我們第一次親吻的愛沒有不同呢。

如果說愛必然走向習慣，那樣的習慣還是不是愛？你的心如此有限，我想走了，在被你丟棄之前。

那些傷情的舊景
也傷得了你嗎

——咖啡

你喜歡喝星巴克的冷萃冰咖啡。

曾為了嘗試接近你，在舌尖渴求抹茶星冰樂的時候和店員說：「一杯冷萃，謝謝。」還要忽略上方的價目表，不帶一點猶豫地，假裝是老顧客那樣，不把「冷萃冰咖啡」的全名說出來。

其實我喝不出來那和麥當勞四十九元早餐搭配的咖啡有什麼不同，喝不出所謂的醇厚、馥郁，更別說是文宣上聲稱的巧克力味和柑橘香。如果有一天我終於透過鼻腔辨識出那些微量的揮發性化合物，進而理解眼前這杯咖啡的過人之處，是不是就表示我更靠近你一點了呢？相像的人總是比較適合吧，我是這樣想的。

聽他們說，你已經去到新的城市，過新的生活。不知道你離開的原因僅僅是因為換了新的工作，或者有一些部分是因為我，那些傷情的舊景也傷得了你嗎？你現在住的地方經常颳風，冬天的時候特別冷吧，冷的時候你會懷念當時，在布滿燈泡的耶誕樹旁相互暖手的時刻嗎？

偶爾還是會到永康街的咖啡廳坐一坐。週末午後，你經常在這裡讀書或寫作，一直到這裡也成為我常常來的地方，我們都未曾一起來過。

不知不覺地，我想是因為那段時間企圖嚐出冷萃的特別，也默默養成了咖啡的癮。後來，每喝一口咖啡，都能藉著甘苦的交替想起關於你的事，少部分是我們的事。喝完以後又在輾轉難眠的夜裡懊悔，早知道不要喝那麼多了。

早知道不要愛你了。

溫柔

如果我是島嶼，你就是海，你擁有世界上最寬厚的溫柔，但並不獨鍾我這一座。

有一些溫柔能夠感受，但無論注視多久，都不會歸我所有。

你位在最暖的海域，有著溫柔而規律的潮汐，經過我都攜著暖風，可是海的漂亮與壯闊屬於所有船隻、海豚及所有來看海的人。

不會是我的。

但我是你的。

槓桿原理教會我

若想維持平衡

就得要離你夠遠

才能舉起在我心裡

分量之大的你

——失衡

始終覺得，任何事物的變化似乎都來自於某個部分的失衡，風起是因為空氣藉著流動維持氣壓的平衡，而為了平衡熱能，桌上的啤酒漸漸回溫，瓦斯爐上的水滾了。我想我也是吧，你沒有溫柔待我，我就給多一點溫柔，你不願意退讓的執著，由我包容。任何因為過少而導致的失衡，我都願意用自身去填補與平衡。

想著要不帶一點悲傷的痕跡去見你，於是花了一些日子冷靜，讓自己像一顆冰塊那樣融化，一直到無法釋出更多東西，把身上的水擦拭乾淨，然後踏上道別的路。

在偌大的咖啡廳裡，我從酒紅色圍巾認出了你，我們沒有對上眼睛。你低著頭，手持攪拌棒，攪弄著那杯呈色已均勻的拿鐵，緩緩說出「對不起」的時候，你是真的希望被原諒嗎，或者那只是消化罪惡感的一種手段？

半小時前，我在捷運上反覆預習對峙時的模樣，我以為會哽咽地吐出「你還愛我嗎？」這類無意義又矯情的臺詞。結果是，我沒有開口，也沒有違心地說「不是你的錯呀」、「我沒有怪你啊」，甚至沒有說「分手」二字，多麼諷刺地心照不宣，用幾年的相處讀出你的心意，不是太難的事。

我忘了最後是如何結束那場荒謬的午茶，忘了我丟了一百塊在桌上，夠不夠付那壺還沒有送來的伯爵茶。

要是當時我聲嘶力竭地哭喊著問你為何要如此待我，會不會讓你愧疚一點呢，你多給我一點愧疚，能改善我們之間的失衡嗎？

我想我從未原諒你，你也並不在意。

我不知道這樣的結尾算是幸運的嗎，別人看過你和她摟腰牽手，接送或出遊，我都不曾看過。藉著他們難言的指控，我能完整地想像在那張床上，在你為我吹乾頭髮，我替你掏耳朵的那張床上，你為她解開內衣的熟練，以及她讓指甲陷進你的背肌，你把吻烙在她頸間的模樣。屬於我們的昔日，置換成她的身體，一切忽然變得好合理。

你抽屜裡，我從未看你戴上的戒指，刻著我不明意義的日期。信用卡帳單裡汽車旅館的消費紀錄、每一個出差的週末，與每一通要進房間或離開餐廳才能接聽的電話，在那之後都有了最好的解釋。

即便你覺得羞愧抱歉，或稍稍為了無力挽回破碎的關係而感到懊悔，你都能在這些情緒之後轉身擁抱另一段未來，而我除了放棄之外別無選擇，好不公平，雖然我們之間本就毫無公平可言。

還是不明白我的努力出了什麼差錯，錯在從未向你索取，或錯在給予了太多。在蹺蹺板的兩端，我越輕，你越重，槓桿原理教會我，這時候若想維持平衡，就得要離你夠遠，有足夠長的抗力臂，才能舉起在我心裡，分量之大的你。

而如今我已經退得好遠，足夠遠了嗎？我已經看不見你，也看不見那個可能不復存在的支點。

我還固執地等待一場
足夠隆重的告別式

——告別式

我從未在妳面前那麼傷心過，又或者說，只有妳具備讓我流眼淚的本事。在臺北車站的上島咖啡，最角落的那個沙發座位，我已經忘了上一次哭泣是什麼時候，在學測落榜的時候嚥下了，在祖父的葬禮上忍住了，但我用盡了能耐仍拿妳的執意沒轍，我哭了。

而妳，在電影院看《可可夜總會》的時候會不小心太大聲啜泣，參加每一場朋友的婚禮都哭得比新娘更傷心。這樣淚腺敏銳的妳，在親手撕裂四年半的關係時，眼眶卻乾澀，映不出半點淚光。

一直認為，即便在演化上人類是高等的生物，都因為心思過於複雜，腦袋被開發的部分過多，因而讓缺陷和漏洞顯露出來，自欺欺人便是其中一種。

撇開意外不說，在這個醫學持續進步的時代，瀕死的人大部分能透過各方專業意見和統計數據推敲出和死亡的距離。可是即便知道不遠，有些人仍逃避地選擇忽視，好似只要沒有看見，就能夠和下輩子保持距離，以為背向前方就能拒絕走向來生。

分開並不是意料之外的事，妳眼神閃躲的姿態、吝嗇的觸碰以及每一次因為我要求接近而露出的為難，早已說明妳正在遠離。
是我不願意面對關係的死亡。事實上它已經逝去很久，妳逕自將它埋葬，在石碑上刻下始末，我卻還固執地等待一場足夠隆重的告別式。

BRUTUS
Casa
BRUTUS
Casa
Casa

我會漸漸習慣的
習慣這個房間裡
發生的所有
都與你無關

——房間

離開那間住了一年多的套房，有一些不捨，當初是為了讓你通勤方便，選擇住在松山車站附近。也許吧，有一天我會再回來這裡排隊買胡椒餅，但陪我散步在彩虹橋的人，再不會是你。

三個月前，我搬到距離公司四個捷運站，一間有木質地板的單人套房，不是很搶手，位於五樓，沒有電梯，是你最不喜歡的那種，藏在店面與店面之間，窄窄的公寓。反正就我一個人了，不用考慮你的喜好。這裡四季皆潮溼，常常需要開一整天的除溼機，我的枕巾每天溼了又乾、乾了又溼。

起初還花了一些時間，試圖在租屋資訊的大海裡撈一間還可以的房間，空氣流通或採光已經不是我在意的事。也許潛意識裡還是懷念著的，於是默默參考了過去那個我們口中的家，用租屋網的篩選工具，勾選有冷氣的、有網路的、有沙發的，整個臺北市卻找不到一間合適的，原來我依戀那個採光差又有白蟻的房間，是因為那裡有你。

這間房沒有你介意的西曬，因為沒有窗，以致於這將近兩百天的日子，太陽的升起或降落之於我不具有任何意義。生活也不過是眼淚的載體，經常感覺時間的流逝慢得異常，這時候，我會打開水龍頭，看水一直流，好確認時間正在走，而我也被時間推著向前走。或是播一首歌，避開那些你曾經唱過的歌，認真地聽它播完，慶幸著五分鐘過去，而我和時間一樣沒有停下來，藉此認定我們都在前進，僅僅是朝著相反的方向而已。

房裡放了一張床以後便沒有空間放下瑜珈墊，浴室也小到難以行走，太小的書桌放滿墨水便放不下我們的相片。我喜歡這樣小小的，只塞得進一個人的樣子，好讓你不在這件事變得合理一點。

雖然一直到現在，我仍會不小心以為水槽旁應該有兩支牙刷，床邊應該有兩雙拖鞋，而床頭櫃上我脫下的眼鏡旁，應該還有另一副。

不過那些說服不了自己的部分，我會漸漸習慣的，習慣你不讀不回，再習慣不過問，習慣一人份的晚餐，習慣這個房間裡發生的所有都與你無關。

腦袋停止運轉時

就無意識放映的日常

真實得像你還會再回來一樣

——香水

前年你的生日，選了一罐香水作為禮物，漂亮的水藍色玻璃瓶，裝著我們都喜歡的果香木質調。每一次你要搭車離開前，我都要沾幾滴在眼罩上，你送我的那個藍黑色眼罩，使我在每晚入睡的片刻，偽裝並說服意識朦朧的自己你就在我身邊，安心地躺在太空曠的床位，僥倖地跨越黑夜。

即便房間裡的味道持續消散，眼罩上的氣味也早已和原本的不同，我都還能藉著微量的香氣化合物指認這個空間曾經有你在，那樣的香味，連接著我們擁吻纏綿的午後，你沖泡咖啡的背影，以及你在玄關穿好鞋，回頭看著我說：「出門囉。」那樣的美好日常。腦袋停止運轉時就無意識放映關於你的記憶，所有想像結束在那個冬天，你關上門的瞬間，這樣的景象，真實得像你還會再回來一樣。

感官知覺很容易和記憶連成線，尤其是嗅覺，就像蒜頭爆香的味道會讓人想起媽媽，便利商店關東煮的味道會讓人想起高中時期通勤補習的時光。而鼠尾草混合麝香的味道、止汗劑、酒精和菸草的味道，新書的油墨味和琴弦的鏽味，都不約而同地，扯著掌管疼痛的神經指向你，纏繞在等待被轉動的門把上，像攀籐蕨類遮蔽所有光線。

每當你又侵入我的氣管，擴散至我的血液，我便會沒有止境地想你，可這樣的時刻越來越少了。我只好關上門窗，阻止你的逸散，反正我早已放棄活著，沒有了你，哪裡還需要光和空氣。

氣味

聞見一種氣味而喚起過去某個時間點的記憶，此現象稱之為「普魯斯特效應」。

我清楚記得你右手指間的菸味，你說那是最難洗掉的地方，用相同的手指撥動第四根弦，試圖讓金屬的氣味掩蓋一點悲傷，你若無其事的樣子像做錯事的孩子，主歌一下就露出破綻，如果這些情歌都沒有對象，為什麼每一個字都唱得那麼勉強？

有沒有人告訴過你，受傷可以喊痛，人不一定要總是堅強，五歲的女孩和五十歲的男人有相同額度的眼淚。

你習慣在晚餐以後抽，我站在很靠近你的左

邊。平時我遠離所有刺鼻的氣味，卻欣賞你指下的火光，你每一次吸氣的時候它特別燦亮，我並不討厭，只是心疼。肺和心如此靠近，對你而言，吸入的尼古丁大概都是為了平衡悲傷吧。

從不問你點菸的時候想著誰，只是囑咐你少抽一點，畢竟吐的霧再遠她都看不見，一如山裡的大雨無法藉著風，讓她的海岸變得潮濕一點。

記憶是狡猾的，它們會延伸串連，在整座城市布滿陷阱，以致往後每一次步入便利商店，看著琳琅滿目的菸櫃，就會隱約聞見你脣間的菸味，我知道那是她留下來的。

可是你說你沒有抽菸我就相信了，你說愛我我也相信了，我不相信我聞見的，不相信我體會的，我愛你時的愚蠢是無條件的。

我藉著菸味想起你了，想起那些我已無力寫下的種種好與壞。

希望你也曾經藉著某一種氣味想起我，雨的味道、海的味道、薄荷樹的味道或是北上的車廂裡排骨便當的味道。

藉著香味被想起是幸福的吧，希望我們都能用這樣浪漫的方式牢牢印在愛人的大腦皮質裡。

也許命運早在一路上

就慷慨地給了線索

而我太後知後覺

——後知後覺

馬路兩旁的樹都黃了，甚至開始謝了。在這樣的季節，路過你最愛的咖啡店，在永康街的小巷子裡，平常不太容易走到這裡，說是不小心的可能太牽強吧，這是一個和那天很像的雨天。

回憶的水珠穿透雨傘向著我襲來，費心建立的防備瓦解，所有為了遠離你而下定的決心終究宣告失敗，耐不住好奇心，還是推開了咖啡店的門。小小的店裡不過幾組座位，掃視三秒鐘，便知道你不在這裡，有一點點失望，但也鬆了一口氣，畢竟我尚未練習好能看著你而不落淚的表情。

你最愛的那張柚木扶手椅還安靜的待在角落，咖啡豆的香氣和以前沒有不同，可能是以前總是相伴著來，老闆認得我們一起，卻沒能認出隻身的我。又或者是太久沒來，久到我不太確定，若是此刻我點了一杯「老樣子」，他記不記得我要的是一杯微糖的熱摩卡，加一點肉桂粉。

燈光的昏暗依舊，書櫃裡的雜誌不再更新，停留在我們最快樂的那一年。恍惚之間，我看見你就坐在落地窗前，看著我讀不懂的經典，而我聽著你不愛的音樂，它們是不是早就為了離開埋下伏筆，而我太後知後覺。

也許命運早在一路上就慷慨地給了線索，像是你越抽越凶的菸、越來越簡短的回應和游移的神情，我還遲鈍著試圖用舊的表情回應你的改變，很抱歉讓你失望，這樣的道歉來得有些晚了吧。

雨水在天空累積了一定的重量，就會被帶到地上，你對我的喜歡也是像這樣漸漸讓疲憊的重量覆蓋而墜落的嗎？

夢境總是
赤裸地顯示出你最害怕的
或最最希望
卻一輩子也無法成就的事

——夢

我每天都做夢，有時候一整夜會做很多個夢，夢都結束在天剛亮，清晨五點左右。

尚未分開以前，我經常夢見你要走，在不同的場景，有時候在教室裡，有時候在海邊，更多時候是在陌生的、我從未見過的地方，可在夢裡我認為那是我們的家。你會拖著不知道何時整理好的行李，行李箱的顏色和我買給你的那只不一樣，旁邊還留有我送你的東西，像是項鍊或吉他，而不管場景在哪裡，都有一樣的劇情。

「你要去哪裡？」

「不知道，抱歉，我好累了。」

可能會有至多三句的對話，開頭通常是由我而起的問句，結束在你不知所措、無奈又疲憊的表情。你什麼都沒說，卻好像什麼都說了。

其實這和真實的情況有些落差，當時，我心裡清楚知道你要走，而離開我便是你遠行的目的，你也沒有多做解釋，連正眼看我都沒有。即便這和夢境不同，它們都同等悲傷。

做夢的頻率一直到分開以後都沒有減少，我仍然做夢，一個場景，一種劇情。

在我們一起生活過的小套房裡，床上還有你在夜市玩射擊遊戲贏得的兔子娃娃，牆上掛著一幅布質地圖，地圖上已經沒有任何等待前往的標記，我躺在你的臂彎裡。因為夢過無數次，於是熟悉接下來要發生的一切。

「你怎麼回來了？」

你一如往昔地，像每次回應我說愛你那樣笑而不答。

然後吻我。

人們說夢境和現實是相反的，還真沒錯，但最殘忍的是，夢境總是赤裸地顯示出你最害怕的，或最最希望，卻一輩子也無法成就的事。

寂寞

你藉著月球的吸引向我靠近，人們稱那樣的現象為浪。

你以為你愛我，但可能沒有，只是因為我恰好和那些星球被歸類在同一個宇宙，才能藉著你的眼神丟掉一些寂寞。

我確定我愛你，不是因為寂寞。

只要我還一個人

就沒辦法好好生活

——好好

我天生缺乏方向感，也看不太懂地圖，記得剛搬來臺北的時候，手機的定位功能故障了，只是想從捷運大安站走到忠孝敦化站都迷路了半小時。最後還是打電話向你求救，藉著你遠端導航，我才平安抵達和友人相約的百貨公司。

如今一個人晃在東區街頭，走進當年那間百貨公司。在販賣家用電器的地方，一面廣告燈箱上投影著按摩沙發椅的廣告，斗大的字寫著：

「你有多久沒有好好生活了？」

「我們就各自好好生活吧。」

想起告別我的時候，你丟了一句這樣的話。那算是一種請求嗎，還是命令呢？對我而言，要過上好的生活，就得要有你一起。你既要我們分開，又要我過得好，未免太強人所難了。當時只顧著擦眼淚、抹去懸在人中上的鼻涕，想至少在最後留一個好看的臉讓你記得，沒有去仔細想過這句話的含意。我來不及承認，我做不到。

每天早上起床，眼淚都浸溼眼罩，忘了夢的細節，想不起是哪一個環節讓我哭得那麼傷心。唯一能確認的是夢裡有你，唯有你具有讓我悲傷的權利。你會像我夢見你這樣夢見我嗎，你會記得我嗎，我在你心裡會是什麼樣子呢，該不會是我們最後一次見面，我哭得最醜的模樣吧。

你會記得我的笨拙記得我缺乏的方向感嗎，記得我總需要人提醒吃飯和吃藥，總是忘記留意機車油錶而多次在馬路上拋錨嗎？你一定忘了吧，如果你都記得，又怎麼會捨得要我們各自好好生活呢。

能不能給我一些時間
讓這些不復存在的影像
帶我回去有你的昨天

——照片

看著牆上整齊排列、貼成愛心形狀的拍立得，不免對照片裡的人感到陌生。如果我們曾經那麼要好，是什麼把我們變成現在這樣，又如果你的冷漠是真的，那上頭的笑容去哪裡了呢。

中秋的烤肉、跨年的煙火、週年紀念日的燒肉晚餐，和牽著手散步的草原音樂祭，不真實地像在說別人的故事。距離現在最近的一張，是以倒映著天空的湖面為背景的合照，是一起到宜蘭旅行時，請路人為我們拍下的。上頭還寫著當時的日期，是你的筆跡，於是我能藉著數字推敲當時的季節，從你的舊眼鏡知道那是距離現在很遠的過去。

我一張一張，用發抖的雙手把它們撕下，即便盡量地小心翼翼，仍無可避免地扯下塗漆的碎片，斑駁的牆面像我們不再完整的模樣。把交往狀態改為單身，指紋、登入紀錄、對話一一刪除，再把電腦桌面的合照換成風景，這時候才發現那個名為我們的相簿，我似乎從未好好看過。

我們只在快樂的時候拍照，於是留下的都是太好的模樣，對比真實還真諷刺，原來這竟是留念的意義嗎。

你曾說過不愛照相，幾乎所有照片都是我辛苦央求才留下的禮物。可我再怎麼努力回想，都想不起那些理應美好的細節，所有印象都被道別時難堪的字眼覆蓋，與你的種種被罩上一層薄霧，像充滿謊言的說詞。這世界上除了我，再沒有人會知道曾經快樂的真相。

我還沒有足夠的決心，把手上帶著殘膠的照片撕毀、剪碎，能不能給我一些時間，讓這些不復存在的影像帶我回去有你的昨天，讓我再懷念一次、再絕望一次，讓我相信曾經的快樂不是假的，即將面臨的悲傷是真的。

你好我便會假裝我也好

你若不好

我再思考要不要誠實地和你說：

其實我也挺糟的

——你好嗎

手機螢幕亮起，白色的框框裡是熟悉的名字，那個一直都不願意改掉的暱稱，以及「妳好嗎」。

其實我不知道應該怎麼回答這樣的問題，生活不就是好與不好拼湊而成的嗎。

記得小時候家裡附近的麥當勞，有一個能讓父母遛小孩的兒童遊戲區，有旋轉的溜滑梯，有可以玩圈圈叉叉的黃色九宮格，還有一座很大的球池，裡頭有五顏六色的塑膠球。如果我們所經歷的好壞能夠量化和視覺化，大概就像那樣吧，好或壞的事可以用顏色區分，裝在那只用關係織成的網子裡。一顆一顆球看起來都一樣，可根據情緒的濃烈程度，有的輕如鴻毛，有的沉重得像灌了鉛那樣。

我不知道現在的生活算得上好嗎？好是因為在百貨公司週年慶的洶湧人潮裡，推擠兩個小時終於用最優惠的價格買到物色很久的香水，你喜歡的，柑橘調的味道。好是因為晚餐和媽媽在琳瑯滿目的美食街隨意選了一家平價日式餐廳，八十元的炸豬排意外好吃。好是因為陽臺的玫瑰開花了，好是因為今天下雨而包包裡恰好有傘，好是因為昨晚沒有失眠。而不好是因為你。

好的事很多，它們五彩繽紛、閃閃發光，漂浮在心的表面，於是我看起來那麼好。關於你的不好，都覆蓋上宇宙般的黑色，沉重得像一顆星球，翻滾在心的最底層，我已經很久沒有觸碰。

我所過的不過是介於出生和死亡之間的普通日子，無視那些不好所過上的好日子，算得上好嗎？

回覆你之前，我想先知道你好嗎，你好我便會假裝我也好，你若不好，我再思考要不要誠實地和你說：其實我也挺糟的。

立志

親愛的太陽
我再不會接受你的光亮

我不必光合就能生長
逕自吸飽了土壤的濕氣
心一揪就掐出水
從下睫毛的根部湧出
期望被更溫暖的星球接住

我即將前往另一個星系
立志成為一顆照亮自己的恆星

我不怨你自顧自地快樂

只由衷地願你好、

願你能、

願你平安

——信

當時你很堅決也很有效率地抽離那段關係，說是關係，好像培養了十幾年，其實不過兩個月。

用一隻手就能數算我們的約會次數，記得有一次在公館，一次在淡水。我們習慣沒有目標地走繞，因為不喜歡排隊，所以也默契地繞過那些熱門的小吃和景點，於是現在想起來，似乎沒有什麼難忘的風景。也可能是因為我眼裡始終只有你，忘了所有景色，但我還牢記你的眼神，和你好看的側臉。

分開以後，我仍有很多話想和你說、只和你說，那些習慣和你分享的事，忽然間無處安放，讓我變得有些焦慮。說那些話也並非希望你回應，何況你大概不想也不必知道，就只是想和你說話，如此而已。

於是擅自選了一個你已不再使用的電子信箱作為樹洞，把被眼淚弄溼的字連著擤鼻涕的面紙揉成團丟進裡面，也把你所剩不多的溫柔當作紀念，慌亂地推送至無人知曉的深處。

兩年來，我總共寄了二十一封信給你，同時副本給自己。

我們在寒冷的二月分開，先是經過了西洋情人節，禮物我早已準備好，是一條藏青色的圍巾，用棒針織的那種，初學的拙劣顯而易見，歪七扭八的。不知道哪裡攢下的勇氣，明明已不是情人的關係，仍決心託朋友交給你。抱歉，大概是因為不曾被這樣愛過，一直認為被愛著很好，才沒想過你會覺得困擾。我多希望它們被你以歸還的名義丟下只是因為它不夠好看而已。

四月的時候碰到愚人節，信裡說到，我期望你只是調皮，提早過了節，還開了一個那麼悲傷的玩笑，讓我不知道該怎麼對你生氣才好。另外還說，我期望你在少了我的未來仍然可以很好。你看得出哪一個期望才是真的嗎？

你始終沒有回應那些我原本就不寄望有回應的信，我便安心地認為你並沒有讀，像把石頭擲入大海，連落水聲都被海浪的聲音覆蓋。我放心地向裡頭哭喊，一面投遞沒有地址的想念，殊不知其實你一直看著我，想念化成的字都成了笑話。我該覺得慶幸嗎，做不成你的戀人，還能成為你晚餐時的話題。

十月到了，我一直等到生日蠟燭燒罄，粉紅色蠟油滴滿蛋糕的表面，願望都沒有說完。我不怨你自顧自地快樂，只由衷地願你好、願你能、願你平安。

時至今日，那二十一封信還躺在我的信箱裡，像不復返的年紀，像一場延誤的旅行，被後來的生活一層一層重重地壓著，像疊疊樂最底層的積木，一旦試圖抽出來，便會讓原本就搖搖欲墜的日子轟然倒塌。所以我再也不翻閱了，那些關於你的。

輯三

了然於心

也許早在我無意識地拒絕擁抱時，愛情就死了，死在沉默的日常，死在怠惰的習慣，我們責無旁貸。

經常身在一個變壞的過程卻渾然不覺，就像是雨天裡倒扣在車廂外接水的安全帽，日照過久乾癟易碎的乾燥花，忘在口袋裡被洗衣機蹂躪的面紙。任時光消耗的結果便是失去，那是更多時光也彌補不了的大意。

在時間的洪流裡被帶走的東西是回不來的，你知道的吧。

願你有我無權央求的好

願你不好不再是因為我

——願你好

在練習愛的路上，沒有人是一路順遂的吧，因為負傷的人夠多，才撐得起情歌的市場。你聽過的、唱過的悲傷歌曲無數，卻沒想過有一天能感同身受歌詞裡對心痛的描述。所有歌都是在我背著你的時候，你才真正聽懂。

曾經是那麼篤定地許下如結婚誓詞般的諾言，只差腳下踩著的是磁磚而非紅毯。相互取暖的十六個季節裡，我和你一樣不曾想過分開，畢竟身上擔負著一些期待，成家立業的、結婚生子的，我們看起來穩定而令人稱羨，不容質疑也無法挑剔，理想生活的輪廓越來越明顯，它們和你所期望的一樣嗎？

我們是性格過於相似的人，像黏土一樣柔軟，禁不起別人的口水和眼淚，任憑各方的聲音輕易塑造，於是成了世界喜歡，但自己不一定喜歡的模樣，我們的愛情也是。

可能是在某一個午後的街道，你牽起我的手，我卻沒辦法用同樣的力道牽緊你了。或是一個普通的早晨，你在上班前給我一個擁抱，我卻只任雙手垂掛在空氣裡。

沒辦法指出是在何時何地發生這樣的轉變，我以為這不是問題，試著把它們視為激情褪去，置換而來的禮物，是關係的昇華，是比戀愛更加珍貴的默契。原來是我騙過了你，卻騙不過我自己，我難以解釋我為什麼不愛你，大概就像一開始被你的誠懇吸引那樣沒有原因。

一直到現在，我都尚未想出不傷人的說詞，回應當時在咖啡廳最角落的座位，我們最後一次見面，那些你盡可能不要失控的提問，像是「妳是不是根本沒有愛過我？」，就好像在問，我打翻的那杯牛奶，究竟是不小心的還是處心積慮的。其實你真正在意的是傾覆的牛奶，只是你還需要一個理由接受，有一些失去意味著不會回來。

當我還在思考如何回應的時候，道別的話就先抵達嘴邊。

我很抱歉，說過千百次愛你，此刻能說的卻只剩抱歉，還有再見，禮貌性的那種再見。你可以認為我是一個糟糕的、不負責任的、無情的人，就像十七歲的我無法釋懷我的真心沒有被他真心對待那樣。此刻我和他成了一樣的人，你能理所當然地指責我殘忍。

你可以儘管辱罵我、怨我、恨我，但不要愛我。

往後生日、新年，流星劃過眼前，或有幸在沙漠裡獲得一只神燈，任何可以許願的時候，我會記得留給你。

願有一天，情歌對你而言就只是情歌，不挑起你一簇悲傷的神經；願你不要再愛上如我一般的人，否則太可惜你的好；願你的付出都有所獲，只要肯愛，便能被愛。如果這些都難以實現，那麼我就只願你好，願你有我無權央求的好，願你不好不再是因為我。

有一些抵達和時間無關

愛就會愛

該離開就會離開

——天蠍

星座分析說，天蠍座一向低調而神祕，心裡有很多不願意讓他人知道的祕密。

前陣子把PTT天蠍板（Scorpio）加進了我的最愛裡，以前我並不是這樣篤信星座的人，總覺得用幾光年遠的星星去定義一個人的性格缺乏說服力，地球上的七十六億人若只有十二種，那麼就有六點三億人和我的個性相同、幸運相同、厄運亦同。可當你什麼也不肯說的時候，我便只能透過這樣荒謬的學論去解釋和理解你。我努力說服自己：你的沉默是性格使然，與愛無關。

無論是平時聊天或社群軟體上文字的對話，總是我說你聽，你說你生活太無趣，沒有能夠和我分享的東西，那我和你分享的那些你是不是也覺得無趣呢？我害怕聽見答案，沒有開口問過你，直到我也習慣了不說，我們的話題竟只剩問候和天氣。

每當我試探性地問你悶悶不樂的原因，你總會擺出客氣的笑容，不讓我再追問下去，你堅持不回應疼痛在身體的哪一處，讓著急的我看起來尖銳又可笑，像個多管閒事的普通朋友。對於我張開雙臂，示意你能將情緒交付予我的行為，你一概無動於衷。這使我不斷反省自己，檢視用字措詞的瑕疵，卻找不出一點差錯，不明白你築牆的意義。我聽不見你隔著牆說了什麼，又或者你什麼都沒有說。

也許你只是不夠愛我，才不願意讓我觸碰，我已經難過太久，我們可能同樣期待一場週末的電影，盼著一個夜晚的翻雲覆雨，即便是裸著身擁抱，都只是看似靠近而已。

你的神祕感真傷人呢。我只有一點點光，不像太陽那樣能夠恆亮，如今我已成燒盡的火柴，過去透不進你深邃的悲傷，未來就更別想了吧。我知道，有一些抵達和時間無關，愛就會愛，該離開就會離開，持之以恆不是我受得起的浪漫。

見過你的事物

一一被時間汰換

再沒有什麼能和我一起指認

你愛過我

換

租約尚未到期，也沒有餘裕承擔違約金或押金的損失，只能繼續住在這裡，充滿你身影的這裡。

為設法逃出令人窒息的寂寞，決定讓忙碌代替你成為日子的重心，我自告奮勇地擔下更多工作，也不再自己做便當了。你知道，一人份的東西準備起來總是比較麻煩，於是開始習慣吃泡麵，以及一些沖泡熱水就能成為晚餐的即食食品，營養又方便。

每晚回家的時刻，路燈已全亮，十字路口不再是紅綠燈的交錯，它們被換作閃爍的黃燈，像燈塔般指引晚歸的人，我享受騎在沒有行人的馬路上，那裡比房間更自在。

返家的路上通常沒有店家還營業著，以致我一直無法補充日用品，但生活無可避免地消耗，終於在過敏的早晨把所有衛生紙用完了。開始煩惱該在哪一個不加班的晚上買齊洗髮精和牙膏，腦袋放著這些小小的困境真好，我便能暫時視而不見你。

最近樓下的警衛換了，前幾個星期就曾在電梯裡看過告示，說下個月的一日就會換新的保全公司。卻一直到聽不見早出晚歸的問候，我才真正意識這件事，除了社區養的那隻大狗狗，大概只剩那位離職的警衛認得你。窗臺的玫瑰謝了，清淨機的濾網也換了，在這裡見過你的事物一一被時間汰換，再沒有什麼能和我一起指認你愛過我，於是我也漸漸地不敢相信了。

我們的碎裂不像牆壁經年累月延伸出的長長裂痕，緩慢而能夠預期，你討回自由的模樣，像摔落地板的瓷盤那樣果斷，猝不及防，可惜得像一場美夢，而我是尚未清醒的人。

在這個講求證據的社會裡，我好需要誰來告訴我，你帶著愛的眼神都是真的，你沒有半點虛假、和我一樣誠實，可過去在場的人都已離席，沒人能替我辯解，終究，我只能任自己的質疑宰割。

縫隙

剛在一起的時候，每個晚上都期待講電話的時刻，擔心你覺得無聊，就習慣在便利貼上寫滿五個話題，好延長我們相處的時間。

例如你今天晚餐吃什麼呢，天氣似乎要變得不好了，我們上次去吃的小吃攤好像收了，週末一起去圖書館吧，你想念我嗎。

你會說有，你想念，只是怎麼聽都像安慰。

第一次的戀愛談得小心翼翼，任何細節都很努力，沒辦法瞭解我們終究是兩個合不起來的人，磨了只是耗損，兩塊錯誤拼圖之間的縫隙之大，愛也無能填補。

分開是好的，不怪你，你只是比我更早領會。

我學不好數學

錯估眼淚的密度

想念的時候

會想成湖泊

愛一個人就

變成一片海洋

——數學

高中時是第三類組，大學就讀的科系分類在農學院，可數學一直是我的罩門，各重修了兩次微積分和工程數學，能逃過三修都拜教授的仁慈所賜，慘不忍睹的成績單也許能稍微解釋我不擅計算這件事吧。

辦公室每到傍晚就會充滿咖啡的香味，從茶水間蔓延開來，一個接著一個惺忪的步伐走進再走出，此時泡咖啡就像詭異的宗教儀式，濃郁得好似整座城市都安插了咖啡的信徒，而我屬於比較不虔誠的那一類。

咖啡於我而言不過是一種延長腦袋運作時間的工具，但有時候會因為沒有算計好而因此失眠一整夜。半杯咖啡基本上能讓我清醒地工作五個小時，但偶爾會意外地長，從夜到日那麼長，也經常會在沖泡的時候不小心加了過少的熱水，讓過濃的咖啡因促使心跳得太用力。

這讓我無能為力地清醒度過很多夜晚，在太黑的夜裡沒有盡頭地反覆思考你離開的原因。我沒有檢討過自己是不是應該喝少一點的咖啡，或在睡前服用半顆安眠藥，以讓我在該睡著的時候睡著，就這樣任性地任腦袋運轉代替睡眠，也許是因為不喜歡斤斤計較地生活，卻也在某些層面受不了這樣驕傲無賴的自己。

例如當初不顧打在身上的雨水向你跑去，我不富有卻始終慷慨，也總是忽略我們心意上的差距，不曾試圖討回我所付出的那些。對你，自如地控制情意是我一開始就放棄的課題，我註定無法在失算的懊悔裡學到教訓。

時至今日，我仍學不好數學，錯估眼淚的額度，想念的時候會想成湖泊，愛一個人就愛成一片海洋，可是你一直都沒有學會游泳，說我深得令人害怕，你沒有等到退潮，就往山裡走去。

學問

他們説愛是學問，而我沒什麼天分。

高二選組以後，就再也不需要接觸社會科，比起無視留白的考卷趴下睡覺，藉由制度合理地逃避更讓人心安。

可即便愛你是比史地更難的學問，我都願意努力，我要從此做一個勤奮向學的孩子。

若無其事嚥下的道別

以水的形式從眼裡流出

流了一夜 又一夜

——情人節

已經來到一個需要圍圍巾、穿羽絨外套的季節了，清楚地記得當時我約你在公館捷運站一號出口會面。那是一個陰天，雲層透出少少的陽光，一面落下不痛不癢的小雨。手扶梯抵達時，我一眼就看見在角落的你，雙手一如往常地插在口袋，臉上卻透著我從未見過的冷漠，那樣的眼神好像在說你已打算好那是最後一次，任何挽留都是徒勞。

你附和我的提議，就近在轉角的星巴克吃早餐，我還投機地假裝忘記帶錢包，想藉著歸還的名義再見你一次，想起來真可笑，再聰明取巧都拿想離開的人沒輒。

當時就快要到西洋情人節，店員笑著遞給我們情人節活動的小卡片，熱心地告訴我們如何參加活動，我聽著她說，你轉身就拿著托盤上樓，好像這一切都與你無關。

對我而言，在旁人眼裡還看起來像戀人這件事令我欣慰。

可惜一個小時後我們將不再是了。

吃完早餐離開後，你用了委婉的字說，不要再做戀人了吧，我還想著這究竟是一種提議還是告知呢，我只能同意了嗎？

走回捷運站的時候，雨更大了一點，我們都有帶傘，但都沒有撐起。我擔心若靠近會讓你想逃，但若各自撐起傘，我們就要更遠了。

一直到回家以前，我都沒有暴露傷心。若無其事嚥下的道別，在看見桌上的合照時，才又從胃裡流回口腔咀嚼，在體內消化了很多個日子，以水的形式從眼裡流出，流了一夜又一夜。

在潮溼的生活尚未乾燥以前，我把欠你的一百一十九元裝進紙袋裡，趁著那堂化學課，以傳紙條的方式歸還給你，那是我最後一次寫下你的名字。

一起看過海
便從此畏水

——事過境遷

明明已經盡量避免接近那些景色，仍不由自主地引起傷心。記得剛分開的隔月月底，統一發票開獎了，其中有一疊整齊躺在鐵盒裡，用粉紅色長尾夾夾起，是你嫌對發票麻煩，塞給我的。早餐的肉排蛋吐司、宵夜的關東煮、經期限定的熱巧克力、紀念日的壽喜燒大餐，舊的場景一一浮現，在腦海裡播成一部悲傷的電影，我在一個人的觀眾席潰堤。

一起看過海，就成了怕水的人；一起度過旱季，便從此依賴雨天。後來那疊發票沒有對獎就被收起，連同你為我夾的娃娃一併放入鞋盒裡、塞進床底的最深處，那是宿舍裡最不容易觸碰的角落。

一直到最近終於要搬離這裡，前往新的租屋處，才把它們上頭厚厚的灰塵擦拭乾淨，屏息著打開，裡頭的一切便像無聲的煙火爆炸開來。看著二〇一三年聖誕卡片上陌生的稱謂，原來你曾那樣親暱地稱呼我；以為早已收拾乾淨，原來視而不見根本沒能擦掉心底的刻痕。

事過境遷並不代表完整地說完再見，其實我一直尚未告別。

活在謊言裡

對我而言已是

命運最仁慈的對待

——情感分析

我想，在一起或分開的決定之所以複雜得難以決斷，是因為我對你的情感讓我輕易忽略你語句之間的破綻，連帶接受了你的隱瞞。我不知道你愛不愛我，又如果不愛了，為什麼不離開我。

平時的工作並不算有趣，簡單來說，是把食物用果汁機打碎，秤取一定重量到瓶子裡，進行一系列萃取、濃縮、過濾的步驟，然後放進一臺叫做液相層析儀的機器裡，點一點滑鼠，電腦就會顯示一系列的圖譜，告訴我這食物裡含有哪一些防腐劑、濃度多少，一覽無遺。

科學日益進步，能夠偵測的範圍越來越廣，能偵測的極限越來越低，幾日前還在雜誌上讀到，現在已能用唾液和糞便偵測其中微量的蛋白質，以預測可能的疾病風險。

常常在想，在科技的持續進步之下，是不是可以期待發現分析情感的工具，讓你的皮屑、指甲或體味代替謊言，誠實地告訴我你昨晚究竟是去公司還是旅館，你刪掉的對話記錄隱藏了什麼樣的親暱，你車上的香水味來自誰的耳後？透過檢驗用數據精準告訴我，你愛她多少，愛我又剩下多少。

如此一來，這個世界就再也不必猜忌，沒有誤會。我就能辨別你眼淚的真偽，能更早一點知道你的停留只是因為同情，你送花是因為愧疚，而你向她靠近，是因為足量的喜歡。

不過知道了這些又能如何呢。是我們複雜的心思以致相愛這件事如此困難，卻也因為不夠純粹而容易生變、碎裂。

在期望捕捉你內心真正想法的同時，也質疑如果愛能夠被科學分類、量化，我禁得起實話的殘忍嗎？又或者活在謊言裡，對我而言其實是命運最仁慈的對待？

我不會希望你好好照顧自己

我希望有人像我當時一樣

照顧好你

——十三樓的風景

你的租屋處在十三樓，一進門就面對一大片落地窗。夜晚一到，灰色的窗簾拉開，可以眺見遠方高速公路上車陣的光點，矮房子裡亮著的黃光、大廈頂樓閃爍的航空警示燈，還有整座城沿著馬路成線排列的路燈，是最方便也是我們最常欣賞的一片夜景。

曾有一個傍晚，你要我放下手邊的工作，拉著我倚在沙發上，看夕陽落入城市的海裡。雖然附近光害嚴重，我們仍偶爾帶著啤酒到頂樓看星星。但你知道嗎，當時我的眼裡根本放不下星星。

對我而言，這裡的夜景幾乎能和函館山上的夜景並列世界前三名，這裡的夕陽即便沒有紅色的倒影，都比西子灣的更美，你不知道原因吧。

如今，我再也不能稱呼那裡為「這裡」了。

我甚至不知道你是否還住在同樣的地方，經常故意走上那條容易塞車的路，試圖成為眾多光點裡的其中一點，想著若你恰好拉開窗簾，便能看見我，即便你並沒有在看我。

夏秋交替的那陣子，空氣裡濃度過高的懸浮粒子會讓你不太舒服，你是被歸類為「敏感族群」的人，而這樣的劃分，也把我們分成兩種不同的人。錢包裡還留有替你準備的過敏藥，手機裡查詢空氣品質的APP也還沒有卸載，仍習慣每天早上留意你那裡的燈號，亮黃燈的時候，我會有點著急，可是我已不再擁有囑咐你戴口罩的權利。我不會說希望你好好照顧自己，我希望有人像我當時一樣，照顧好你。

我能預見，在那個房間裡看過的所有風景，會勝過未來，我即將在世界各地看見的所有。假使你還住在那裡，但願日復一日的夜景、夕陽和星星也能讓你偶爾懷念房間裡、餐桌旁、晾衣間裡，那些有我的光景。

日記

整理房間的時候翻了翻以前的日記，二〇一四年的那一本寫滿了你，真好，分開以後就不喜歡動筆，少了後來的顛沛流離，裡面滿是鉅細靡遺的甜蜜。

你在我心裡究竟有何等大，才能寫滿一本日記，才能希望你是在每一個整理房間的時刻被想起的人。

直到我終於能將你看成一本過期的日記，你將是每一次徬徨時的回眸，每一次軟弱時的堅定。

期望我能像愛你一樣愛自己。

我不過是想

再聽你說一聲好久不見

——好久不見

冬天來了，我和你各自在不同的城市生活已經來到第七個季節，今天我這裡和你那裡的氣溫皆落在十一至十六度，降雨機率百分之三十，AQI黃燈。要是你仍沒有打算回我信，那麼這大概是我們之間僅剩的連結了。

有好幾年，我們之間維持著搭火車須三個半小時的距離，因為我要上班而你要上課，所以只能在週末見面。以兩週為限，你說超過兩個星期會太想念。

我們各自忙碌地在學校和職場奔走，我把實驗工作的空檔安排在你的下課十分鐘，我們便能藉著短暫的時間分享生活。吃飯吃得快一點，就能用午休時間視訊，聊聊我午餐吃了什麼，聊聊你那裡的天氣，試著縮短空間上的距離。

行事曆上被標記的日子，是生活裡唯一能期待的事。每一次道別，都是為了下一次見面，倒著數的時間因為你而有了更深切的意義，那時候的問候，除了再見，便是好久不見。

你收到信了嗎？我沒有開口問你，就擅自寄了一封信給你。等不到回應，我也不敢試探你是否還住在那裡。平信不掛號，我寧願誤會你還在那裡，也不要那信被退回我手裡，讓郵差笑我暗自接受了你杳無音訊的事實。

時間長到我忘了信裡寫了哪些事，大概都是些很日常的瑣事，例如我養了一隻橘色的貓，總是忘了替陽臺的花澆水，或是終於學會做玉子燒。那些我們說好要一起完成的，我都一個人做了，可是還有一半未竟的承諾。

我期望你拆開那封信，如果你能不帶一點偏見地閱讀；我也期望你不要看見，如果看完以後你將誤會我正嘗試其他回到過去的可能。而其實，我不過是想再聽你說一聲好久不見。

候車時請勿超越此線
Stand Behind Line
候車區
Waiting Area

足夠勇敢的前往

不需要被誰看好

——二十五歲

今早在社群軟體上看見高中同學的動態，是一張透過超音波儀器看見的黑白影像，淺淺的輪廓在漆黑的子宮裡勾勒出幸福的形狀，寶寶長得像爸爸還是媽媽？未來的日子會是幾分苦加上幾分甜呢？這些都不得而知，可從冰冷的螢幕裡我看見他們執意緊握彼此的篤定，上頭寫著：「我們要結婚了。」

這樣的喜訊會隨著年紀的增長越來越頻繁地捎進心裡，即便他們是單純地分享喜悅，卻有意無意地警惕我該為成為那個模樣做一些準備。

那是我第一次去夜店。

密閉的空間裡播放節奏強烈的音樂，七彩的燈光閃爍，眼前所有陌生的臉孔，都不必看得清楚，酒精的催化使言詞曖昧，空氣裡瀰漫濃郁的煙味。

把害羞的閾值調至最高，欣賞誰的臉蛋便能大膽地向前搭話，雙方都默契地說出已經很少使用的英文名字。

接著搭肩、摟腰、親吻、愛撫，隱喻著慾望的笑容期望更進一步的觸碰，但即便說喜歡，都與相守的那種愛無關，這夜的耳語和交纏都不需要以情感作為前提。還沒準備好幸福的人，在夜裡和陌生的唇盡興地歡快也是一種選擇，不談責任，也不論後半生，滿足短暫的寵愛和虛榮。

我羨慕他們的勇氣和本事，背負太多期待的人不一定能只選擇快樂。多想只管這夜歡愉，不管隔日生活多苦。

以前大家談論成功，現在假裝退讓地說成功並不重要，卻強調擁有多少的薪資才算好的工作，怎樣的年紀該結婚生子才不落人後，二十五歲應該如何，三十歲僅有這樣的條件，那麼當初就不應該如何如何。

我沒骨氣地選擇走向別人口中最好的人生道路。二十五歲，是一個遠離二十，向著三十靠近的轉捩，從此要以尋覓一個夠好的人為前提去愛，而所謂夠好，需要父母一起判斷，朋友也要喜歡才算。

駛在兩旁皆是目光的馬路上，選擇任何一條遠離紅毯、接近自由的岔路就太任性了嗎？

就穩穩前行吧，把車窗搖上，拒絕所有攜著期待的噪音和雨，足夠勇敢的前往，不需要被誰看好。

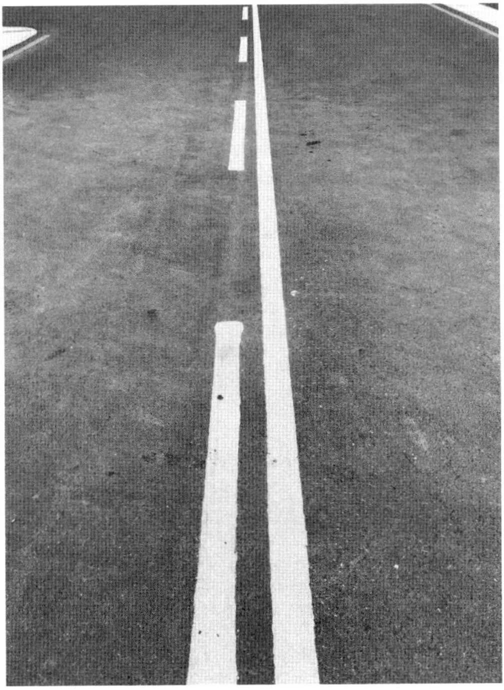

以為你皺著眉是因為遲疑

後來才知道　那是疼惜

——標籤

在長期的孤獨生活裡不需要顧及誰的眼光，衣櫃裡塞滿的棉質T恤和牛仔褲似乎說明了所有。直到你闖進了我的平庸日子。一約好見面，就花一整個週日午後在百貨公司的日系服飾櫃位徘徊，揣測著你的喜好，買下今年的第一件洋裝。

那是七月某個酷熱的早晨。久違地噴了香水在耳後，造型玻璃瓶上有一些灰塵，沒有太多指紋，裡頭盛裝七分滿的粉紅色液體。少去的三分幾乎從未沾染過我的手腕，因此無幸進入誰的鼻腔，它們是在一個人的空曠房間裡逕自揮發的。

在距離三十公尺遠的對街我們認出彼此，不確定你在那裡等了多久，一見你我便假裝整理頭髮、翻找包包，拙劣地掩飾著緊張的模樣，你一定看出來了吧。星座賦予你準確的第六感，我身上各種性格的漏洞是否也逃不過你的敏銳呢？

明明那麼喜歡，又遲疑著自己是否夠格被喜歡，於是尚未確立關係就急著撇清。我看起來自信的樣子是為了掩飾自卑，開朗獨立的背後是千瘡百孔的心，無法裝載安全感，於是永遠匱乏。那些愛過的人在我身上不約而同地貼上「黏人」的標籤，這樣始終被嫌棄的我，你還會要嗎？

並肩走在人行道上，你用長了厚繭的指尖輕輕搓揉我被陽光曬得溫熱的頭髮，再牽起我因為緊張而僵硬的右手，你握得很緊，那樣的力道能輕易覆蓋我的質疑。也許是不好意思，也可能是因為逆著光，看著我會有些刺眼吧。我們不約而同地看向前方，像是要把眼前這條沒有盡頭的路走完那樣，那一刻，我真切地感到無所畏懼。

「我會讓你知道你有多好。」你說。

曾以為你皺著眉是因為遲疑，後來才知道那是疼惜。

你

時間把你的笑容從我的驕傲裡帶走，帶走藍天和白色的雲朵，帶走夕陽和霓虹，帶走一切我最寶貝的東西，像個預謀多日的小偷。

但同時也帶來了很多，像臺破了洞的回收車，沿著我瘡痍的馬路丟下幾個玩偶，讓我仔細端倪，他們都好像你，可不是你。

只是命運不允許我們挑撿，神誤會了那些必然的相遇會使我成為更好的人。我還想等，等你隨著雨滴、隨黎明的光，或隨流星緩緩落地，我會毫不遲疑地把你拾起，再把你牢牢地抱緊。

我不怕杳不可得的等待，唯恐你不來。

即便大雨傾盆
雨水溼透了布鞋
在你機車後座
我就不明所以地感覺虛榮

——第一次約會

新洋裝飄逸的粉色碎花裙襬讓人有些彆扭，腳上踩著只在畢業舞會穿過的跟鞋，走起路來不大自然。它們不曾和另一雙皮鞋壓過馬路和草皮，近兩年的日子都塵封在鞋櫃的最角落。很高興再一次穿起它是在你的面前。

當你一言不發，為我戴上安全帽的時候，我誤以為太快的心跳是天氣太好的緣故。我的眼神滯留於你的第二顆鈕釦上，兩顆心的距離比身體更近一點。扣上扣環的瞬間，左胸口輕輕一震，好像還有什麼一起被套牢了。

那是七月吹著微風但容易中暑的天氣，而再炎熱的夏日都已不足解釋你手心的汗水，和我發燙的臉。

在有藍天白雲和豔陽的中午，我們無心欣賞風景，下巴靠在你的左肩，盯著筆直的馬路，我們聊平時不是那麼關心的議題，聊即將轉雨的天氣，說無關緊要的別人。講天邊的事，想著的都是咫尺的人。

你平時就習慣時速三十嗎？我始終沒有開口問起，擔心拆穿你的浪漫。我們都暗自希望紅燈再多一點、馬路再長一些。

回顧三十七次眼神交會和十三個心動的瞬間，我最喜歡和你在毛毛雨的午後一起找停車位的時候。我想和你擁有最不足為道的日常，即便大雨傾盆，雨水溼透了布鞋，在你機車後座我就不明所以地感覺虛榮。

我喜歡你，我想和你一起探究共度下半輩子的可能，可我的驕傲不允許我自告奮勇。

我還在等啊。下一個紅燈，你若開口，我會說好。

我會總是領先

你儘管落後

如果我們有未來

我在那裡等你來

——不合時宜

初見你時，還慶幸著我沒有來得太遲，深怕抵達得再晚一點，我們就沒能交換體溫，就在時間的洪流中擦身錯過。結果是，之於你的生命我出現得太早，還以為避免遲到是種禮貌，但其實任何不合時宜的相遇都是打擾。

你的世界很大，心很小，裡頭裝滿許多一直想扔卻捨棄不了的東西。而你仍小心翼翼地剖開自己，讓我住了進去。

裡頭很暗，沒有燈，只有一顆燭芯過長的蠟燭，點燃了就冒出黑色的煙。你說一旦剪掉了部分的棉線，好像有什麼也會連帶地不見，你還沒做好看著有關她的任何事物消失的準備。

你的牆上有黏貼照片和明信片的殘膠，不曉得當時你是如何悲傷又絕望地把它們收起，收在床底下的盒子裡。裡面裝滿我不能過問的故事，但可能因為很喜歡你，我不介意裡頭有她住過的痕跡。若你依賴又懼怕著那些乘載著回憶的烏雲，我這裡可以躲雨。

雖然來得有點早了，但如果可以我不想走了。

我願意讓我愛你做為你愛我的前提，我先愛你永遠，你再考慮要不要愛我到明天；我先愛你像海，你再思考要不要用少少的愛裝滿我的馬克杯。我不怕傷心，也不會讓你傷心。請不要覺得抱歉，愛你不是決定，但愛或不愛我可以是。

每個夜晚，我可以先為你蓋被子看你睡去，再數羊；也可以在每個清晨先泡好咖啡，再喚你起床。

我會總是領先，你儘管落後。如果我們有未來，我在那裡等你來。

等待

很高興你也是個愛看海的人，期望有一天你循著海浪的聲音走來，你能看見我。

我會說我在等玻璃的稜角變得圓滑，等寄居蟹都找到家，等漲潮、等退潮，等燈塔發光，等船返航，等漁獲上岸，等我手中沒有氣了的啤酒喝完，準備了那麼多理由說明我杵在這的原因，但你總能看得出我在等什麼。

「所以我來了。」你笑著說。

等你捧著破碎的心向我走來，我們把碎片交換，心又能是完好的一塊。

我會等、一直等，不論你來或不來。

你的陪伴
是我所有理想生活
的前提

——理想生活

某一次約會遇上無預警的壞天氣，我們馳騁在午後的大雨裡，一面抹去臉上的水，瞇著眼在擁擠的臺北市找一個停車位。

狼狽地擠進一個三十公分的縫隙，還不小心碰撞隔壁的後照鏡，終於卸下安全帽的時候，你轉過身焦躁地看著我溼透的裙擺和髮尾垂吊的水珠，說等你有穩定的收入，一定會買一臺汽車，到時候就不必淋雨了。你眉間的皺摺塞不進所有疼惜，溢出來的都流進眼神裡了。

其實一點都沒關係。

我喜歡坐在機車後座靠著你左肩，和你說些言不及義的小事，讓迎面而來的風先吹過你的髮梢再吹過我耳朵。喜歡從背後擁抱你，再把手放進你口袋，然後在等紅燈的時候索吻。喜歡在無人的公路，像茄子蛋〈日常〉的MV那樣咆哮式地問你：「你會愛我多久？」你知道，想過好的生活，不一定要富有。

我想和你在菜市場選購當季的蔬果，求水果攤阿姨送我們賣相不好的蘋果，偏好加麵不用錢的牛肉麵勝過使用刀叉的料理，熱愛逛二手書店和跳蚤市場，喜歡實惠耐用的皮夾勝過奢侈的精品。我想和你一起，不愁吃穿也可以，斤斤計較也沒關係。

我明白生活的重並不是僅有愛就能扛起，但兩個人一起一定會比較容易。謝謝你總是努力想給我幸福的心意，我們可以不必過最舒服愜意的日子，可你必須明白，你的陪伴是我所有理想生活的前提。

我想和你一起

對現實與卑劣的世界失望

再用最多的善意

溫暖對方

——孤島

二〇一二年的夏天，我離開花蓮，在永和度過升大二的暑假，你說那條我每天補習、上瑜珈課往返的豫溪街就在你家附近。

這樣的緣分好不可思議，我們也許淋過同一場雨，看過同一道彩虹，在同一條斑馬線擦身而過。會不會我們其實曾在巷口前的便利商店錯身多次，會不會我們曾經距離三十公分、在同一面冰櫃前選購一瓶飲料，又會不會你曾在我後方排隊等著結帳，而唯一能指認彼此的是兩張過期六年的連號發票？

過去二十年我們都陌生，像海上的兩座孤島，僅有的連結是我們腳下浸泡的鹽水、相同角度的陽光，還有海風從你的椰子樹吹向我的雞蛋花而掀起的淺浪。我們每天看著同一群水母漂流，凝視同一片星空，靠得很近，卻不曾望進對方的眼睛。

一直到那個下雨的晚上，我們巧合地以最悲傷的姿態走向對方，相互疼惜。形狀相似的疤痕讓我輕易理解你點菸的目的，於是我不假思索地、大膽地在心門留下僅能通過一個人的入口，拒絕全世界的關切，卻允許素未謀面的你窺探我自卑的黑洞。

從悲傷的過往聊到上班上課的日常，從互道晚安到無話不談，從好感到喜歡。想念從路燈蔓延至清晨的日光，一起預習早安，複習怦然，練習愛也練習被愛，漸漸地我們開始期待明天，害怕道別，習慣晚睡，不怕累。

慢慢地，你從我生活的一部分成為大部分，我們沒有保留地交換視線所及的一切，有時候是一則笑話、一頓豐盛的晚餐，也有時候是我下班時的大雨、你傍晚回家時的天空。我們無視距離，假裝有對方參與其中，也從此輕易地想像未來的種種可能。

想像每日早晨，在溫熱的床上醒來，我會在陽光抵達你的睫毛之前，先為你泡好一杯咖啡，加冰不加糖，再烤兩片吐司，你的草莓果醬要多一點，吐司邊要焦一些。總是說不太出來自己喜歡什麼、討厭什麼，但關於你的我會記得特別牢。用一個吻輕柔地喚你起床，出門以前，順一順你的瀏海，無論從容或匆忙都記得擁抱。

想像我們在閒暇的午後逛大賣場，一起聞遍架上所有洗衣精的香味，精打細算著衛生紙和洗碗精的優惠，滿足地省下幾個銅板。最浪漫的莫過於在大雨的晚上看一場電影，不必懂劇情，你會專注凝視我的側臉，你說我若睡著了倒在你懷裡，就是最好的結局。

晚餐時刻，餐桌上放著兩副木質碗筷，搭配溫暖的黃光，我會煮的菜色很少，口味很普通，可是就算是忘了加鹽巴你都會說好吃。我坐在你對面，一起看著氤氳繚繞成家的模樣。

我們的家，要有一張實木書桌，搭配適當高度的暖色系沙發，你在我旁邊讀詩，我寫字，有時候你彈吉他，我為你唱。

我想和你在每個四季與年歲更迭的縫隙裡長滿白髮和細紋，想和你一起對現實與卑劣的世界失望，再用最多的善意溫暖對方。

我們靠得很近，終於在多年後望進對方的眼睛。海面波光粼粼，兩座島嶼看似遙遙相望，其實過去必然的傷害早就注定，清澈的海面下我們是同一片陸地。

我要把你的韻腳刻在手心

帶著它到北方旅行

就好像有你一起

——如果你是一首歌

即便世界如此複雜，還是能藉著某一些線索，推敲出未來的模樣。尤其是面臨選擇，必須抓緊或捨棄什麼的時候，總要審慎評估犧牲哪一個想望比較容易、放棄哪一個期待比較不費力傷心，才能更堅定地擁抱另一個相對較好的選項。

聽著那些電臺裡隨機播放的歌曲，從三十秒的前奏，便能預測後面三分半鐘有沒有聽下去的必要，準確度約百分之八十七。當然也有例外，因為偶爾無暇點按「下一首」而把整首歌聽完，也會遇上一些挺喜歡的，默默地把它們加入歌單。

因為一輩子很短，只能分給很少的人，因此我們計畫放棄，讓相愛更有效率。無論是無法更靠近的距離或碰巧皆未痊癒的傷口，浪費的風險或不被看好的差異，許多表徵的面向都指出應該放棄，可是這一次我不願意。

在相互擁有一個夏日以後，我從此不在意我的一生可以換得與你的多少小時，不介意為了擁抱你而和社會期待對抗，用盡生存的力氣。

我期望你是那百分之十三，一首沒有聽到最後就不願意切掉的歌。我要為你建一個名為柔軟的歌單，循環一生，把你的韻腳刻在手心，帶著它到北方旅行，就好像有你一起。

我要推翻所有不祝福，讓全世界看見這場意外的相愛，會走成怎樣的一輩子。

人一旦有了想守護的事
就會更懼怕死亡

——死亡

也許是漸漸地明白世界上存在著很多我們無法改變的醜陋與不公義的事，於是對生活也不再抱有太多期待，不強求努力改變現狀，不思進取地過日子，盡量地快樂，但不快樂也就算了，今晚沒有買到鹹酥雞大概是比死亡更嚴重的事。相信生死早被填在命運的表格裡，我們不過是按表操課生存的棋子，至少在遇見你以前我是這樣想的。

自研究所開始便有著長期失眠和心悸的毛病，雖然才二十幾歲，身體也難免隨著年紀和勞碌的摧殘而慢慢變壞，而我總不以為然。後腦勺、左胸口、胃腸、子宮，隨著我們相識的時間越長，你也變得和我一樣熟悉所有疼痛的位置，知道它們對應的藥粒和膠囊長什麼模樣、放在哪一個抽屜裡。

有一夜我從噩夢裡驚醒，右手邊的你熟睡著並沒有察覺，眼睛還尚未適應光線，所有知覺集中在下腹部的劇烈疼痛，循序漸進的難受好似正領著我一步一步靠近死亡。黑暗中你的側臉依然無害可愛，提醒著我，我尚未捨得結束，我才剛習慣相互陪伴，還想實現約定好的旅行和演唱會，想和你吃巷子口新開的滷味，還想去看你的畢業公演，想一起買下觀望很久的對戒。

在那個無助的時刻，我忽然成了膽小鬼，你的出現賦予了生活意義，而我不能再像過去那樣大方地揮霍身體，深怕沒有多餘的日子守護我珍視的東西，怕沒有夠長的生命保護我們一路上努力克服的不容易，是我們的犧牲和認真才換得此刻能躺在同一張雙人床上，我又怎麼能擅自離席。

那晚的疼痛並沒有維持太久，我趁著睡意未到，用力把你抱住，你被我勒得醒來，慌張地問是不是哪裡不舒服了。我沒有放開手，用告白的語氣對還未完全清醒的你說：「現在我最大的理想就是和你生活很久、很久。」

不知道你有沒有聽懂，你像看著吵鬧的孩子那樣沒輒地又閉上眼睛，有點詞不達意，帶一點溫柔地說：「放心，我會照顧好妳。」

為了和你廝守，我也會努力照顧好自己。

習慣

你是未滿二十一天就養成的習慣。

今天你說了晚安，我就在明日的夜晚，養成握著手機睡著的習慣，徹夜未眠地期盼，流星看見我的虔誠，才能盼到你明天的早安。你說我可愛，我就開始期待你說喜歡，你說再見，我就不由自主地等你來。

你像一首太喜歡的歌，讓人在不停循環與害怕生膩之間游移，但就算不聽，也無法逃過繚繞於空氣的磁性，呼吸就會想起，深呼吸就要窒息。

請你好好習慣被愛，在你之後，我已不願再習慣新的習慣。

我想試一試

你願意同我將就嗎

——將就

我們相隔兩百五十公里的這一年，各自熬過行事曆上以五天或十二天為單位的空白，只被允許在週末見面。經常是一下班就趕往火車站，因為買不到直達的火車票，轉客運要花上三個半小時才能抵達，若是連假碰上塞車則會更久一點。抽屜裡整齊疊放的火車和客運票根將近六十張，去程的起點是花蓮，終點多數是臺北，少數是新竹，而這些並不是全部。

看著它們隨著時間越來越厚，雖然依舊是遙遠的兩百五十公里，但心的距離好像更近了一點。

為了節省時間，也時常在昏暗的客運上慌亂地用晚餐，大部分是萊爾富的微波食品，轉運站的那一家，搭配著長途車程的百無聊賴。

坐在斜對角的女孩已經維持看著窗外的姿勢一個小時，隔壁的大叔正以驚人的音量打鼾著，後方的婦人安撫不了懷裡的孩子，這些角色總是會以不同的臉孔出現在每一節車廂裡。記得有一次，前方坐著一對年邁的夫妻，當時的空氣是柔和的黃色。

「坐不住啦？」聽見前排的老奶奶問了她老伴一句。

「沒什麼，就想上個廁所。」老爺爺說。

「別忘了回來的路，我等你。」奶奶回答。

爺爺拄著拐杖慢慢晃啊晃地向車廂的尾巴走去。

他知道她害怕地震，她最喜歡的花是茉莉花。而她知道他愛喝熱湯，記得天冷的時候他膝蓋的舊疾容易復發。這幾十年攢下的默契和十八歲相愛時的浪漫還相同嗎？不知道他們牽著彼此的手過了幾個年頭，遇過怎樣的風浪，彼此的愛可曾經被消磨？身分證背後的名字有點模糊了吧，他們可能不再擁抱親吻了，可我從那段簡單的對話，就輕易聽出愛的形狀。

我看見奶奶說話時眼裡閃爍的光，和你對我說話的時候好像、好像。不確定想念的線是否足夠堅固，也怕沒能維繫這長長的距離，讓我們把票根累積成足以走上六十年的分量。可是我想試一試，你願意同我將就嗎？

與你之外的時光
不過生存而已

——生活

公司外頭的這盞燈，設定在每日傍晚五點亮起，晚間十點關閉，一天二十四小時裡，它花十九小時在等待令自己驕傲的短暫時光，唯有照亮小巷的那五個鐘頭，它能感覺自己的存在具有意義。

有時候我看著它就感到同情，我和它如此相像。

早上八點，面對凌亂的辦公桌、凌亂的代辦事項與凌亂的人生，十點開始一成不變的會議後，嚥下一成不變的便當。兩點一到就慣性地打瞌睡，這時候泡一杯三合一的即溶咖啡，有時候粉粒尚未完全溶解，就囫圇地越過舌尖滑進食道裡，我沒有多餘心思品嚐它的甜膩，畢竟是以攝取足量的咖啡因作為目的。一直到傍晚六點，辦公桌上的文件都沒有減少，像是預告永遠都有忙碌的明天。

被困在現實的泥淖中動彈不得，我的生命只在與你相處的短暫裡具有意義。

等在公司樓下的每個傍晚，聽熟悉的引擎聲越來越近，抬頭見到你，擁抱的剎那，比起刺眼的陽光更能代表我一天的開始。你像上帝派來的小王子，而我是孤獨星球的點燈人，在一片荒蕪上守著日復一日的寂寞，你帶我認識快樂，讓我擁有能夠稱為生活的日子。

假日的早晨為你煎一顆蛋、熱一壺茶，一起窩在窗邊的沙發，被冬陽擁抱，手裡握有的微小幸福，構成了生活的唯一真理。

花了太久才明白，與你之外的時光，不過生存而已，而我一直都是那麼幸運。

後記——太遲的遺書

每一本書都能在書店裡找到屬於它的位置嗎？像地球上成千上萬的物種能夠沒有例外地，以界門綱目科屬種來劃分。其實我不知道這本成冊的想念，這樣沒有邏輯的呢喃該屬於什麼，畢竟從沒見過書店裡有標註「信件」的櫃子。一如我能輕易地用交情和時間歸納這二十五年來我所見過的、熟識的人，唯獨你，你自成一類。

將這些文字朗讀出聲，會發現它們是極其微弱的耳語，穿越不了眼前這扇被你關上的門，也穿越不了東北季風夾帶濃厚懸浮粒子的寒冷空氣，更別說是這座荒蕪的城市，一起踏浪的海邊，與你心中為隔絕我的水氣而築起的牆。

我從未期望能藉著這些低語搭成橋梁向你靠近，我心知肚明，像沈意卿老師說的：「那些讓你寫詩的並不讀詩。」於是才放心地寫下愛你，我明白它們無幸滲透你的耳膜，也不會在爆炸的網路資訊裡成為你搜索的關鍵字，即便這本書被安置在書局最顯眼處，你也會有意識或無意識地越過不翻閱。

你一直是這樣殘忍，然而被殘忍對待的權利都是受傷的人所賦予的，所以我不會把悲傷怪罪於你。

漠然比否認更令人難堪，但我仍厚著臉皮，寫下太遲的隻字片語，你只要輕輕拼湊，就能看見愛的形狀，你要不就勉強著試一試？

我愛你，所有不及投遞的信件已被整理成遺書一般的文體，只願有人和我一起記得我愛過你。

最後，謝謝采實文化親愛的編輯、總編輯與行銷團隊，讓這些字能夠同理更多人的悲傷。

謹以此書，獻給我的家人、好友、Instagram 的粉絲，與Ｆ。

文字森林
READING FOREST 文字森林系列 002

你已走遠，我還在練習道別

在匆匆的愛裡，遲來與提前的告別，給已經離開的，與尚未捨得的人

作　　者　渺渺
總 編 輯　何玉美
責任編輯　陳如翎
裝幀設計　海流設計
內頁排版　theBAND・變設計— Ada
內頁照片　渺渺、李格全（第 17 頁）、林晨芳（第 51 頁）、
　　　　　陳詠傑（第 95、165、175、237 頁）

出版發行　采實文化事業股份有限公司
行銷企劃　陳佩宜・馮羿勳・黃于庭・蔡雨庭
業務發行　張世明・林踏欣・林坤蓉・王貞玉
國際版權　王俐雯・林冠妤
印務採購　曾玉霞
會計行政　王雅蕙・李韶婉
法律顧問　第一國際法律事務所　余淑杏律師
電子信箱　acme@acmebook.com.tw
采實官網　www.acmebook.com.tw
采實臉書　www.facebook.com/acmebook01

I S B N　978-957-8950-89-4
定　　價　320 元
初版一刷　2019 年 2 月
初版十刷　2021 年 10 月
劃撥帳號　50148859
劃撥戶名　采實文化事業股份有限公司
　　　　　104 臺北市中山區南京東路二段 95 號 9 樓
　　　　　電話：(02)2511-9798　傳真：(02)2571-3298

國家圖書館出版品預行編目資料

你已走遠，我還在練習道別：在匆匆的愛裡，遲來與提前的告別，給已經離開的，與尚未捨得的人 / 渺渺作 .
-- 初版 .-- 臺北市 : 采實文化 , 2019.02
256 面 ;21x14.8 公分 .
-- (文字森林系列 ; 2)
ISBN 978-957-8950-89-4(平裝)

855　107023809

采實出版集團
ACME PUBLISHING GROUP

文字森林
READING FOREST

文字森林
READING FOREST